KB070514

안경을 닦으며

나남
nanam

이경裡耕 **류근조柳謹助**

1941년 익산 생. 중앙대 국문과 명예교수로 시인이
자 인문학자. 1966년 〈문학춘추〉 신인상으로 등단. 대
학 졸업 후 전북의 〈남풍南風〉과 충남의 〈시혼詩魂〉에
서 동인으로 활동한 바 있다. 저서로 시집 《날쌘 봄을
목격하다》, 《고운 눈썹은》, 《지상의 시간》, 《황혼의 민
낯》 등 10여 권과 《류근조 문학전집》(전 4권)이 있다.

나남시선 93
안경을 닦으며

2020년 8월 1일 발행
2020년 8월 1일   1쇄

지은이   류근조
발행자   趙相浩
발행처   (주)나남
주소   10881 경기도 파주시 회동길 193
전화   031-955-4601(代)
팩스   031-955-4555
등록   제 1-71호(1979.5.12)
홈페이지   www.nanam.net
전자우편   post@nanam.net

ISBN 978-89-300-1093-1
ISBN 978-89-300-1069-6(세트)

책값은 뒤표지에 있습니다.

나남시선 93

류근조 시집

안경을 닦으며

나남
nanam

내 시론의 원리에 대하여

그간 내가 실제 시 창작 혹은 강단에서의 학문적 시론의 실천과 이에 따른 원론적 주장은 그 표현만 서로 다를 뿐 결국 근원적으로 한 뿌리에 닿아 있음을 금번 새 시집 원고를 정리하면서 나름 확인하게 된 셈이다. 새삼 개운해진 느낌이 들기도 한다.

그것은 반세기를 넘는 내 시적 여정에서 매우 중요한 의미를 지니는, 그 출발로서의 첫 단추를 잘 꿰어 그나마 방법적 장치로서의 큰 문학적 오류를 범하는 일에서 일단 자유로워졌음에 대한 일종의 자족감自足感에 속하는 문제이기는 하다.

그리고 나아가 이 문제는 우리가 흔히 간과看過하기 쉬운 용어상의, 사실事實과 실제實際와 진리眞理와 진실眞實과 총체적總體的 진실(가공적架空的 진실)과의 의미론상 모호성을 구분 지을 수 있다는 점과도 맞닿아 있기도 하여 중요하다는 생각이 들기도 한다.

그간 일관되게 내가 주장해온 시적 이미지 형성이론形性理論은 "체험體驗이 상상력 유발誘發과 은유발생隱喩發生에 미치는 영향影響"이라고 요약할 수 있다. 그리고 이 과정을 통해 마침내 내가 도달한 명징明徵한 인식의 거점은 앞서 주장한 시의 기능인 가공적인 총체적 진실이며, 곧 진리도 사실도 그냥 진실도 아니다. 체험이 의식지향 과정에서 상상력의 힘에 의해 재구성되어 창조해낸 이미지의 힘 그 자체라고 할 수 있다.

　　아니, 언어가 지닌 인식기능을 전제로 한 인간회복人間回復과 같은 존재전환存在轉換의 힘이라고 할 수 있다. 이는 또한 치유기능治癒機能으로서 폭력暴力이 난무하는 현대사회에서는 곧 시가 지니는 위대한 문화적 유산遺産으로서의 가치價値이기도 하다.

　　하지만 과연 여기에 수록된 내 시 작품들이 이러한 시인으로서의 나의 시론적詩論的 염원을 얼마나 잘 반영하고 있는가, 그 여부는 이와는 무관하게 수용미학적受容美學的 차원에서의 독자의 동의同意 없이는 결코 그 확인이 불가不可할 뿐만 아니라 무의미하다는 점 또한 수긍하지 않을 수 없다.

물론 이와 함께 텍스트에 대한 내용은 독자의 성의 있는, 거시적巨視的이면서 동시에 미시적微視的인 통찰력洞察力을 통해 확인되어야 한다는 당위성當爲性이 전제되어야 함은 더 말할 나위 없다.

2020년 7월
누陋 집필실 도심산방都心山房에서

柳 謹 助

류근조 시집

안경을 닦으며

차례

1부

안경을
닦으며

나이

아내가 늦은 나이에 오랜 시간 온갖 가사노동을 도맡아 하다 보니 몸 관절 어디 하나 성할 날이 없어 요즘 신음소리가 잦네 아니, 병원 나들이가 부쩍 늘었네

그래서였나? 생전 누구에게 아쉰 소리 한번 않던 아내가 일전 미국에 휴가차 다녀온 둘째네 여행가방에서 나온 로봇청소기를 보고 "우리 집 것도 하나 사 오지 그랬냐!"란 소문이 SNS도 안 하는 내게까지 들려왔지

요즈음 입에 풀칠하기도 어려워진 세상에 누가 들으면 "팔자 좋은 소리"라고 비웃음 살 만도 하지!

하지만, 삼한삼미三寒三黴가 대세인 요즘 날씨에 역지사지易地思之 반평생을 함께해온 가장家長인 나로서는 모른 척 그냥 넘길 수만은 없었네

그간 원고료나 품위유지비 명목으로 모아온 손때 묻은 저금통장까지 몽땅 털어놓지 않을 수 없었네.

안경을 닦으며

나는 오늘 모처럼 남향 창가 의자에 앉아, 자신을 찾아온 황제에게 햇볕을 가리지 말아 달라 주문하던 디오게네스*처럼 안온한 마음이 되어 본~다

난생처음 느껴 보는 이 마음의 평화는 무엇인가 마음속에 이름 모를 아름다운 선율까지 흐르는 이 한겨울 따뜻함은 어디서 온 것인가

닦아도 닦아도 더 맑게 닦고 싶은 허전함과 이 마음의 평화는 진정 어디서 온 것인가

지난 내 삶의 무게를 벗어나 깃털처럼 가벼워져 모처럼 한 점의 티끌도 없는 마음의 창공을 날아 본다.

---

* 그리스의 대표적 철학자. 확실한 생존 연대는 미상이나 가난하지만 부끄러움이 없는 자족생활을 몸소 실천한 것으로 전해진다.

겨울 햇살

모처럼 미세먼지로부터도 자유로운 청명한 아침나절

은혜로운 햇살마저 내려앉아 평화로워 마치 어미닭
이 모이를 쪼아 병아리들을 불러 모은 듯 안온한 아파
트 베란다 의자에 잠시 기대앉다

역광逆光에 눈이 부시다

내 마음 어딘가에도 그간 실종失踪됐던 고요와 평화가
찾아온 것처럼

그러니까, 내가 질풍노도疾風怒濤의 시절도 아닌 40대
초반이었나 열 살짜리 막내딸 아이가 설날 아침 몽당연
필 꾹꾹 눌러 쓴 (아빠에게도 전해 달라는 단서까지 붙여서)
제 엄마에게 건넨, 아내가 서랍정리 하다가 우연히 발
견된 편지가 나를 잔뜩 긴장시킨 아침나절, 마침 아내

가 행주로 지근거리의 식탁을 닦고 있을 때였지

　사실 이 시간은 가장家長인 나 때문에 당시 아이가 원형탈모증圓形脫毛症*까지 겪었다는 내용을 확인한 직후여서 속죄贖罪하고 싶은 가책呵責의 만감이 교차交叉하는 가혹한 시간이기도 했지

　이윽고 뒤쪽에서 들려온 아내의 모놀로그—늘 듣던 어투의 그 말 한마디 "당신은 결혼하지 말고 자유롭게 혼자 사는 게 맞는데"란 이 반半 자탄조自嘆調 후렴구後斂句 같은 한마디 그 언뜻 자유를 일탈逸脫의 의미로 착각하고 있는 듯한—,

*　심한 스트레스로 인해 머리 정수리에 생기는 탈모 현상.

진정한 자유의 의미 — 나비의 비상은 나방이 고치 속
혼몽昏懜의 시간을 견디는 속박束縛의 시간을 전제로 하
는 은유발생의 기본원리조차도 모르는 듯한 —.

　그 한 음절마저도 귀한 말씀으로 다가와 내 심금心琴
을 울리는 난생처음 낯설게 느껴 본 짧고도 긴 그런 겨
울 아침나절

　오! 꿈과 현실 사이.

오늘 지금 이 時間

낡은 세월에 이어진
새로운 나의 食事法

病을 멀리하다가
되려 生과 死를 아우르는
病을 사랑하게 된,
오늘, 나의 食卓

새삼 내 삶의 식판食板에 오른
푸르른 하늘빛 같은,
설문지의,
그 분명한 한 가지는—

몸 사용 설명서까지 옆에 놓고
운 좋게도
여러 건강 균형식均衡食 차려 놓고

영양가메뉴 우선순위식사법

춘궁기春窮期 배고픔을 초근목피草根木皮와
맹물로 공복 채우던 유년시절幼年時節과
청장년기靑壯年期 어쩌다 삶의 무게에 짓눌려
차려 놓고도 입맛 없어
못 먹던 시절에
비길까

과거와 현재와 미래까지
한군데 모여 소실점消失点을 이룬,

오늘 지금 이 時間.

풍경風景

　천년 노수老樹의 그늘 아래 평상平床에 누워 곤한 잠에
취한 소년 머리 위 하늘엔 구름이 흐르고 그 잠깐 사이
그 소년이 누웠던 자리에 그늘을 드리워 주던 느티나무
한 그루는 베어져 온데간데없네

　이제 그 자리에 세워진 빌딩 옆으론 우주선을 타고
온 듯한 낯선 이방인異邦人들만 그림자처럼 수시로 오고
갈 뿐 그들은 만나서도 별로 아는 체하는 일조차 없는
데…

　팔순八旬*의 나이에 타계他界한 그 소년 묘역墓域은 언
제 소실消失됐는지 교통표지판에 가려 잘 보이지도 않네

*　나이 80세를 지칭한다.

먹구름 사이 잠시 얼굴을 내밀다 사라져 모습을 감춘
푸른 하늘이여

이승의 삶 역시 영원한 찰라^{刹那}인가
아니면 여부운^{如浮雲} 한순간인가

낯선 땅
환한 대낮

소묘 素描
몽마르트르 공원

2020년 경자년 구 새해 첫째 일요일 오후 유난히 하늘은 높고 푸르고 맑아 나도 모르게 천고인비天高人肥라는 불온한 관용어까지 불쑥 입 밖에 중얼중얼해 보네

잠시 이 친환경 분위기 남불의 정취에 맞게 세련되게 조성된 공간의 한 모퉁이 벤치에 앉아 문득 찾아든 외로움조차 지긋이 견디며 살포시 마음으로 껴안아 보려 내 무심코 숨을 고르는 순간 어디선가 비둘기 한 마리 다가와 모이 찾아 한참을 바장이다가 타산성 없다는 섬세한 표정까지 남기고 이내 멀어져 가~네

지금은 다만 로봇처럼 방향을 꺾어 조정하고 두 팔을 일정한 간격과 속도로 흔들며 유산소 운동을 계속하는 한 60대 초로의 남자와 먹이를 미끼로 재롱과 복종의 동작을 반복 조련하는 30대 남자 애완견 주인과 나.

그 외엔 햇빛에 알맞게 데워져 온화해진 바람만이 이
한적한 무대 객석을 채운 관객의 전부네

이렇듯 무심결에 내 생전 처음 나 아닌 타자와 이 만
남의 간극에서 어쩌다 누려본 무장무애無障無礙한 순간의,

모처럼 누려본 내 오늘 한순간의 행복한 특혜.

손금

    새벽에 눈을 떠 귀를 열면 여러 소리와 문자들이 다가와 권투선수처럼 결정을 행동에 옮기지 않을 수 없도록 나를 압박한다

    하여, 이 순간의 결정은 때로 삶의 방향을 바꾸기도 한다

    또 이런 소리와 메시지는 마치 음식물과 같아서 이 취사선택이 곧 내 생사生死의 흐름을 바꾸기도 한다

    아니, 죽음에 대한 두려움 속에서 삶을 이어가는 자체가 영성靈性을 깊고 두텁게 하는 수행修行이라고 내 손바닥을 양손으로 공손히 쥐고 손금을 짚어 보던 한 행자行者는 눈을 지그시 감은 채 사려思慮 깊은 어조로 타이르듯 말한다

내 손바닥 거미줄처럼 얽힌 손금의 비밀이여
깊고도 유장悠長한 내 운명의 강물소리여

"The River, No Return"

내 질풍노도疾風怒濤의 젊은 시절 관람한 한 명화名畵의
마릴린 먼로가 부른 테마음악을 떠올리며 새삼 내 과거
와 현재와 미래의 소실점消失點으로서의 오늘의 의미를
헤아려 본다.

세월

맹수에 쫓기는 석양 길 나그네
다급해져 길가 우물 속 관목에
매달리네

아래는 날름대는 독사의 입
간신히 의지한 가지는
흑백 두 마리 쥐가 연신
갉아 대고

하여, 본능적인 위기의식에
나그네 세상을 향해
SOS를 날려 보네

하지만 아무런 응답이 없네

새벽에 창을 닦자

소망이 열리는 시각에 일어나
별들의 반짝임을 보며
창을 닦자 항시 흐려지기 쉬운
우리네 마음을 닦자.

지난 추운 겨울
고향집 지붕 아래 새봄에
어둠의 이랑을 헤집고
파종할 희망의 씨앗들을
일찍이 처마의 어디엔가
고이 간직해 매어 단 대지의
주인공답게

또 어디선가
곱게 그 씨앗들을 묻어줄 농부의
갸륵하고 성실한 뜻처럼

간절하고 절실하게
우리네 흠 없는 마음을 담아둘
영원의 창을 닦자.

창은 닦아도 닦아도
너무 맑고 투명할 순 없어

창을 닦자
새벽에 일어나 신선한 바람에
통속적인 생활을 씻고
사랑과 지성으로

너무 오래 버려 두어 막힌
나와 우리네 이웃 간의
소중한 창을 닦자.

목마木馬를 타며

젊을 적엔 사랑에 울고 웃던 우리가 어제는 돈과 명예를 위해 살며 후회 없이 산 줄 알았거늘 오늘은 그모두 시중에 유통되는 약속어음보다 못해 어쩌다 부도난 건강 그 생명줄 붙들고 허둥댄다면 정작 이제 절실한 건 진실을 담보로 그간 저축해온 가족사랑과 이웃사랑 같은 통장이 전부일 터, 그마저 잔고殘高가 바닥이나 여의치 않다면 우리 함께 다시 한 번 깊이 생각해보자!

정말 이만큼이나 오래 버티며 다윈의 적자생존適者生存차원 야생의 약육강식弱肉強食 차원 어느 쪽에 우리들 자신을 대입해 봐도 역시 생존이 그리 여의치 않다 여긴다면 이제라도 우리 함께 한 번 골똘히 생각해 보자!

어느새 공원엔 석양의 어스름과 한겨울 냉기마저 스며들어 더 이상 지체遲滯할 시간조차 없거늘 더 늦기 전에 목마에서 내려 손잡고 걸으며 곰곰이 우리 함께 다시 한 번 생각해 보자!

2부

서재에서

내 소년기의 추억
소학교 졸업 수학여행

정확히 66년 전 1955년 가을 내 나이 열네 살 소년 시절 전북 익산에서 충남 부여 백마강까지 비포장도로를 트럭 짐 싣는 공간 바닥에 주저앉아 난생처음 간 수학여행 길이었지

지금과는 모든 것이 비교할 수조차 없는 열악한 상황이었음에도 왜 그리 설레기만 했는지 목적지 백마강을 배경으로 찍은 그때 사진을 보면 맨 앞줄 중앙에 팔짱까지 하고 포즈를 취한 내 모습에 나도 저런 시절이 있었나 싶어 그 아련한 추억에 갑자기 눈시울이 뜨거워지기도 하~네

그런데 이 장면에 오버랩되는 또 하나의 장면이 있으니 그건 내가 1972년 처음 트럭에 이삿짐을 싣고 갓 돌이 지난 첫째 딸아이랑 우리 부부 직장 근처 용산구 원효로 부근에 터를 잡은 연후 이곳저곳 전전하다 가까스

로 처음 영등포 소재 내 자가自家를 마련한 어느 봄철에
있었던 일로 기억이 되~네

그리고 새삼 추억담으로 꺼내본 기억 속 첫아이 유치
원 졸업 기념사진 촬영 장면이지 이제 다시 보니 앞줄
중앙에는 옛날 내 소학교 수학여행 기념사진 속 모습과
똑 닮은 둘째 딸아이 모습이 보여 너무 신기하~네

문득 이런 고리를 불가佛家에서 말하는 연기緣起라고 말
하는지 모르겠다는 생각이 들기도 하~네

오늘 어쩌다 우리 부부는 이런저런 얘기 끝에 아침
밥상머리에 마주 앉아 이 여식女息 모두 출가出嫁시켜 현
재 서울의 지붕 아래 함께 살고 있으니 이보다 더한 축
복이 어디 있겠느냐고 지난 고난의 세월 돌아보며 모처
럼 환한 웃음으로 뿌듯한 마음을 공유할 수 있었네.

유년幼年을 소환召喚하다

쪼깐녀 설화說話

내 유년기 실재實在했던, 책冊으로 치면 인생 희귀본
회상回想 詩 한 편篇이여!

부엌 짝 불구덩이 앞 불이나 피우며 지지리도 못났다
뭇 발길에 치이기만 하다가 어느 날 가뭇없이 사라져
아무도 찾지 않던 천덕꾸러기였던 내 유년기 고향 땅
쪼깐이(일명 — 쪼깐녀)가 이제 내 나이 80이 다 돼 무슨
연유인지 문득 내 기억 속에 살아나 뽑히지 않은 못釘처
럼 그 회로回路를 비집고 다니네

그러니까, 내가 대학에 입학 타향에 머물다가 처음
귀향했던 20대 초반 한 노파(生母)가 영문 서한 판독判讀
을 위해 찾아온 사연이 곧 알고 보니 이 쪼깐녀 소식이
었지

가출家出 후 한 흑인 남성을 만나 결혼하여 미국에서

살고 있다는 소식과 함께 자기를 버린 고향 땅에 교회를 세울 기금을 헌납하겠다는 내용까지 곁들인, 도저히 믿기지 않지만 믿어야만 하는 일이 현실이 되어 돌아온 셈이었지

　그래서 난 새삼 깊은 회오悔悟에 잠기네 같은 고향 땅에서 태어나 내가 비록 한평생 詩人으로서 살아온 내 삶의 무게와 그 색깔은 다르지만 가출녀家出女 쪼깐녀의 삶의 반전反轉 그 귀일점歸一点에 이른 과정을 새삼 미루어 보면 훌륭한 삶의 詩란 반드시 쓰이는 것만이 아닌, 먹구름에 가려졌던 하늘의 별들처럼 어느 순간 저절로 세상에 그 광채光彩를 드러내는 것은 아닐까 하고…

옛이야기

요즈음 나이 들어 주변에 치매痴呆에 걸려 고생하며 사는 사람들을 보고 걱정하는 분위기 속에 살며 가끔 어제 일처럼 20대 젊은 시절로 기억의 필름을 되감아 보기도 하지

그 시절 동료들의 얼굴과 이름이 일치하지 않아 덜컥 겁이 나 어디 흔적이라도 있을 만한 서랍 속까지 뒤져 보면서 일희일비一喜一悲하는 일이 더러 있기도 하지

그러다 오늘처럼 대형 악재惡材는 아니었기에 다행이 었다고 생각할 때가 있기도 하지

그 시절 동료들은 표정과 이름은 물론 그때의 동작까지도 생생하게 떠오르는데 하필이면 여자친구 이름만 유독 떠오르지 않아 일시적으로 더러 당황할 때가 있기도 하지

이건 세월 탓으로 돌릴 수만은 없는 심각한 내 인격 문제와도 직결되니까 맥이 풀려 그 자리에 주저앉기 일보 직전 나는 이렇게 독백하기도 하지

용서해 다오 그리고 지금도 너와 내가 나뉘어 헤어지지 않고 한 몸으로 내 안에 살고 있어 그런 것이라고 자위해 다오 친구야 사랑했던 내 첫사랑 친구야!

그리고 몸은 앞으로 가는데 생각은 자꾸 뒤로 가는 이 묘한 몸과 마음의 엇박자는 곧 우리들의 옛이야기가 아닌 바로 지금의 내 절실한 이야기라는 것도 한번 고려해 다오

이제는 다시 만날 수도 또 만난다 해도 서로 세월의 풍화작용으로 알아볼 수조차 없겠지만—.

서재書齋에서

　자정 무렵 잠에서 깨어나 사면이 장서들로 에워싸여 세속과 멀리한 서가의 중심에 서다. 오랜 시간 같은 공간에 거처하면서 초대해 놓고도 정식 통성명조차 못 해 낯선 얼굴들을 만난다. 그간 내 무관심과 푸대접을 잘 견뎌준 내 소중한 도반道伴들과 만난다.

　한동안 디지털화에 밀려 말없이 주인 눈치만 살피던 친구들에게 미안한 마음으로 다가가 손을 내민다. 이른 봄 연약한 새싹같이 말없이 미소 짓는 하마터면 서로 존재조차 모른 채 헤어질 뻔한 자식처럼 소중한 인연들을 만난다.

　나를 울리는 책사랑!
　나를 울리는 친구들!

　적료寂廖 속 서로 포옹하며 숨소리를 나눈다.

사랑하는 病에게

한동안 어디에 가서 까맣게 소식 모르게 지내다가 잊을 만하면 찾아와 선뜻 내게 손을 내미는 너는 누군가

그 지극한 사랑의 전령사傳令使, 生과 死 두 얼굴을 지닌 진정한 내 삶의 반려자伴侶者여!

그간 너 없이 온전한 삶을 꿈꾸던 내 우매함을 후회한다
아니, 네가 지닌 균菌을 박멸하려 의사와 공모하던 시간조차 후회한다

그렇다고 비겁하게 제 아내가 역신疫神과 잠자리에 든 것을 본 처용處容처럼 너울너울 춤을 추며 물러설 생각은 아예 꿈도 꾸지 마라.

알고 보면 해로울 것도 특별히 이로울 것도 없는 것

이 시방 우리가 다 같이 앓고 있는 病이 아니겠느냐

　알고 보면 인간에게 허여된 지상地上의 시간 역시 겨울
날 생명을 품는 햇볕과도 같이, 회수回收되지 않은 은혜
로운 神의 쓰레기일지도 모르니까.

생生

최욱경崔郁卿

밤엔 별만이 총총하던 하늘에
새촘한 모습으로 초승달이
얼굴을 내밀었네
신 월인천강지곡新 月印千江之曲!

언설로는 표현할 수 없는 불립문자不立文字의 詩 폭설
에 한 그루 설해목雪害木 우지직 꺾이는 청량清凉한 자연
의 소리에 놀라 초승달이 하늘 높이 별 몇 점과 함께 지
상을 내려다보고 있는 그런 고요한 밤 한 사형수死刑囚가
방금 교수목絞首木에 매달린 채 딛고 섰던 발판이 아래로
꺼져 이승을 하직하는 그런 시각에, 78년 전 고고지성
呱呱之聲을 울려 단지 45년을 이승에 머물다 간 비범했던
최욱경 화백이 나의 뇌리에 각인돼 나를 놓아주지 않
네. 왠지 모를 낯설음과 방황과 生의 틈 사이에 끼어 절
망에 고뇌하며 나와 문통文通하던 동갑내기 최욱경을 지
금도 나는 잊지 못하네

괴테의 희곡 파우스트^{Faust}에서 평생을 권력과 지식을 얻는 데 몰두한 주인공이 그의 서재에서 마지막 세계를 통치하고 있는 핵심이 무엇인가 고뇌한 것처럼* 한 편의 은유로 아직도 우주공간을 떠도는 불가사의한 예술의 혼!

"some day I wish I could be a small stone beside the sea"의 언술과 도전과 일탈의, 사후 서양미술사상 큰 획^劃으로 평가되는 추상화 70여 점과 그 작업실에

* 괴테의 희곡 《파우스트》 중 "천상의 서곡"으로 시작되는 서막에서, 파우스트가 마지막 혼을 대가로 한 악마의 유혹으로 지하 나이트로 인도되어 그레트헨(Gretchen)이란 여인과 사랑에 빠지고, 그녀는 어머니와 오빠를 살해하는 대목으로 이어진다. 여기서 굳이 이 괴테의 걸작을 인용하는 이유는 세계적으로 사후 유작과 함께 60여 년에 걸쳐 완성한 괴테의 이 명작이 보편적으로 인간 그 자체의 가능성을 최대한으로 포용하면서 모든 문제를 스스로 개척해 나가는 독립적 인간형으로 인식되어 있기 때문이다.

"사랑한다는 것은 / 마음의 문을 열고 / 따스히 받아드리는 것"이란 소망적 사고所望的 思考로서 양각陽刻메모도 남기고—.

　서로 비정非情의 거리를 두고 같은 실존적 불안 같은 위기와 그 긴장과 삶의 무게에도 생의 한가운데를 건너 그리운 목소리를 찾아 가출하여* 그 어떤 방법으로도 지울 수 없는 그리운 불멸의 소실점消失点으로 곳곳에 살아 숨 쉬네.

---

* 최욱경 화백이 남긴 유일한 시화집(詩畵集)《낯선 얼굴처럼》(1972, 종로 서적센터)에 고(故) 조병화 시인이 쓴 서문 중 최 화백의 예술의 본질에 대해 예리하게 적시(摘示)한 대목을 필자가 거칠게 요약했다.

3부

비보

족보族譜와 유댁幽宅 사이

마침 고향 시당국의 배려로 자작시비自作詩碑를 세워 준다기에 그간 고민해 오던 사후死後 유댁의 문제까지 동시에 해결해볼 요량으로 오랜만에 세월에 밀려 서가 書架 맨 아래 칸에 꽂혀 있던 족보(선친께서 애지중지愛之重之 하시던)를 꺼내 먼지를 털고 조심조심 해당 페이지를 펼쳐 본~다

문화류씨文化柳氏 충경공忠景公 34세손 류근선柳謹善 선자善 字 항렬項列 내 이름 옆에 아내 최진숙崔振淑 전주 최崔씨 창석昌錫 장녀라는 별주別註도 보인다

사실 나는 사후死後 화장장火葬場 유골재遺骨災 산골散骨까지 고려했었지만 다시 생각을 고쳐 최소한 뒤에 남겨질 자식들의 섭섭함이나 덜어줄 심산으로 우리 부부의 화장재 한 움큼씩 한군데 모아 시비 아래 석함石函에 넣어둘 그 명분과 접점接點을 찾기 위해서…

조상 대대로 이어 온 추원보본追遠報本의 정신적 지주
支柱가 다음 세대로 이어지는 것은 어렵다고 판단되어
서…

　　자신들의 1세대世代 전 족보도 안 챙기거나 못 챙기면
서 반대로 이른바 반려伴侶 동물의 혈통과 족보 챙기는
데엔 열심인 많은 사람들의 씁쓸한 행태에 생각이 머
문다.

포란抱卵의 꽃씨 방

고향집 처마 들보에 매어 단 각종 씨종자 주머니 예
비된 생명의 엄숙한 고요를 마치 태풍전야의 긴장에 비
유한다면 종이백 속에 넣어져 내 집필실 한쪽 구석에서
멸실滅失의 일보 직전 발견된 다음 꽃씨 방은 누란累卵의,
포란 꽃씨 방이라고 해야 맞으리

다음
1. 종種: 코스모스·장미·기타
2. 채집일자: 2015년 10월 25일
3. 채집장소: 서초구 원터길 45 천개사天開寺 경내境內
4. 채집자: 류근조 최진숙 부부

※별첨: 이 속엔 풍상우로風霜雨露와 지리한 장림長霖과
따가운 햇살을 견디고 고사枯死하지 않고 가까스로 소슬
삽상한 가을빛 속에 여문 새로운 계절의 결곡潔曲한 꿈
이 들어 있습니다.

이발소에서

조간신문에 '섬'을 떠돌며 시를 많이 써 유명해진 이
생진李生珍 90세 고령의 시인 인터뷰 기사—"인생이 길어
야 예술이 길다"는 내용이 눈에 들어온 영하의 추운 이
른 아침나절

길어진 뒷머리 숱 한 움큼 손에 잡혀 한껏 결기를 부
려 오랜만에 단골 이발소 찾은 나는 낯선 이발사가 와
있어 우선 초대면 인사를 몇 마디 건넨 후 통째로 머리
를 맡겨도 될까 잠시 계량해 보는 사이 머리카락이 잘
려 나가는 소리와 가위를 놀리는 손놀림이 능숙한 느낌
이 들어 내심 안심을 했다

하여 궁금해 전력前歷을 물은즉 자신은 40여 년 전 15
세부터 친척이 경영하는 호텔에서 일을 배우기 시작,
이런 사우나 달린 이발소에서 일하는 것은 오늘이 처음
이라는 게 아닌가

그래 예의상 나도 내용과 결은 다르지만 50여 년 전
처음 상경, 단칸방에서 출발 17평 아파트에서 시작, 다
음 28평 아파트를 거쳐 어렵게 현재는 이곳까지 와서
살게 됐노라고 좋게 말해 직업 외의 전력을 대비시켜
자신의 소개를 했겠다

　　그럼 옛날엔 무슨 일을 하셨는데요? 물어와 근 60여
년 전부터 해오던 일을 지금도 계속 중이라 했지만 세
상에 그런 직업이 어디 있느냐는 듯 잠시 하던 동작까
지 멈추는 바람에 사실대로 토로하지 않을 수 없게 돼
지금은 글쟁이로서 글도 쓰고 있지만 한편 재직 시절
못다 한 연구도 계속 중이라고 말했더니 조금 의아해하
기에 덧붙여 나는 우리에게 중요한 것은 직종職種이 아
니라 장인정신匠人精神이라고 얘기하여 우리 둘이는 간신
히 합의점에 도달하는 데 성공했다.

니, 12,000원이라는 가격으로 생산과 소비의 한계

효 限界效用의 법칙을 원만히 수행하는 데 성공했다.

방房에 대하여

한 채 집 안에 자리한 여러 개의 방
몸 전체의 조직을 이루는 수많은 세포
임계점臨界点에 이른 황혼 부부의 별간방別間房
엄마 배 속의 태아의 방
풍상우로風霜雨露를 견뎌 사계四季가 만들어낸
꽃씨 방

문학 지망생이었던 내 생애 20대 중반 촛불 하나로
쇄락灑落한 내 정신의 지킴이가 돼 문단 데뷔작을 잉태
해준 정읍 소재 광덕사廣德寺 별채 50여 년 전의 내 자취
방 암자庵子도 지금 새삼 떠올라 세상엔 나뉘고 갈린 방
참 많기도 하다는 생각이 들기도 하네

아, 그렇지! 우린 모두 좋건 싫건 지구의地球儀가 한 개
의 축軸을 붙들고 빙글빙글 천지사방을 회전하며 자전
과 공전의 원리를 보여 주듯 내포와 외연, 구심력과 원

심력 사이를 길항拮抗하며 부유浮遊하는 생생生生 인자因子
로서 존재론적 부호符號는 아닐까 새삼 그런 생각을 해
보네

　아니, 죽음이 주검으로 이어지는 이승과 저승의 건
너뛰기도 알고 보면 굳이 연緣의 끈으로 묶어 서로 다른
생사生死의 방을 그 접점을 찾아 일원화시키려는 대승적
大乘的 차원의 특별한 조물주의 배려 차원이 아니었을까
그런 생각이 들기도 하네.

우리 부부 싸움 발전사 고考

프롤로그

우리는 50년 전 결혼, 현재 슬하에 1남 3녀를 둔 부부임.

① 별명 미스 냉장고(이성적)와 별명 미스터 냄비(감성적)의 차이 — ② 한쪽이 막힌 원통 유리관 속에서의 IQ(꿀벌)와 EQ(파리)의 살아남기 경쟁 — ③ 그림자노동(*work* = 중노동, *labor* = 서비스 개념의 우유팩 펴 말리기 같은 그림자노동 및 경노동 개념의 전자상거래 등)에 대한 차별적 인식과 동일시의 차이 — ④ 재화財貨에 대한 세계소외 개념*word alienation*의 경시와 중시의 차이 — ⑤ 등가교환等價交換의 현실 경제가치(공짜는 없다), 즉 가족사회에서의 공동체적 협업 필요성 공동 인식 — ⑥ 부부관계의 일심동체적一心同體的 동양적 도덕성 지향의 가치관에로의 급선회 — ⑦ 가화만사성家和萬事成의 평화 정착의 성공.

에필로그

매우 도식적이긴 하지만 이상以上이 현재 우리 부부夫婦관계의 實相임을 지상紙上에 공고公告하는 바임 A.D. 2019년 6월 13일.

누가 당신께 인생을 묻거든

인생이란 아주 다양한 셈법
덧셈 곱셈 뺄셈 나눗셈만이 아닌
쾌락원칙(욕망)과 현실원칙(금기)이
서로 길항拮抗하며 만들어진 신화神話라고
말하세요

출구 없는 까치집과 같이 교직된 융합
은유공간이라고 말하세요

아니, 전래傳來하는 '사마르칸트의 약속'*과 같은 생生
과 사死의 불가항력적 운명이라고 말하세요

* 어느 날 사마르칸트에 살던 한 사나이가 자기 집 대문 앞에 저승사자가
찾아온 것을 알아채고, 순간 뒷문으로 빠져나가 말을 타고 사흘 낮밤을
달려 안전하다 싶은 지역에 도착, 하룻밤을 묵으려고 한 여인숙에 들렀
지만, 자기가 여기에 올 줄 알고 미리 와 기다리던 저승사자를 만났다
는 이야기.

일견 희망과 절망의 변주곡처럼 반복하며

상승 회귀하는 단순히 그런 것만도 아닌,

결국 죽음이 주검으로 우화羽化하며 지구의地球儀가 한 개의 중심축을 붙들고 '우로보로스의 뱀'처럼 제가 제 꼬리를 물고 이승과 저승 사이를 열심히 돌고 도는 숙명이라고 말하세요

비보悲報

나는 오늘 다뉴브강 불의의 참사를 보며 10여 년 전 가족들과 함께 그 아름다운 야경을 돌아보고 1968년 자유화의 물결 속에 당시 소련군에 희생당한 두 청년의 기념탑 앞에서 '아름다운 우울'이란 졸시拙詩 한 편을 남긴 적이 있네

그 연유로 이후 관련 영화의 주제곡 〈글루미 선데이〉 *Gloomy Sunday*를 가끔 들으며 깊은 우수에 잠기기도 하네

그렇지만 오늘 이 미증유未曾有의 또 다른 슬픔 앞에서 갑자기 머릿속에 떠오른 주인공은 요즘 유튜브 동영상으로 화제가 되고 있는 박막례 할매 그분만의 경륜에서 우러난 투박한 말들이네

"고난은 누구에게나 찾아오는 것이여 내가 대비한다고 안 오는 것이 아녀! 고난이 올까 봐 쩔쩔매는 것은

젤로 바보 같은 거여 어떤 길로 가든 고난은 오는 것이
닝게 그냥 가던 길 열심히 가면 돼!"

"귀신이고 나발이고 나는 무서운 게 아무것도 없어
다시 내 인생을 돌아보기 싫어 내 인생이 젤로 무섭지
내 인생만큼 무서운 게 어디 있어"

"희망은 버렸다가도 다시 줍는 것이랑게"

구혼救魂
地上의 25시

　이승의 온갖 땅에 떨어진 별들*이 불타서 재災가 된 자리엔 여러 꽃들이 피어 난만하다 어느 사이 꽃밭에 꿀을 찾아 이 많은 벌과 나비 떼가 날아들었는가 그 소리 또한 무성하다.

　집착과 오욕칠정五慾七情이 불타 재가 된 선승禪僧 다비식茶毘式의, 조금의 온기로 남아 하얀 연기가 아직도 피어오르는 자리엔 놀랍고 공허하게도 고승高僧의 육신은 가뭇없이 사라지고 사리舍利 구슬들만이 촘촘하게 밤하늘의 어둠 속에 빛나는 별들처럼 거꾸로 쏟아질 듯 쏟아지지 않고 매어 달린 채 지상을 향해 영롱한 빛으로 생生과 사死의 경계를 보여 준다.

---

*　인간이 생시(生時)에 좇던 허망한 집착이나 욕심을 상징.

4부

내 안의
백수광부

나는 나를 무서워한다

나는 새벽 세 시 반이면 어김없이 잠에서 깨어나 현관문을 열고 조간신문을 주워 온다 그런 다음 두 눈을 찬물로 헹구기 위해 습관처럼 세면대 앞에 선다 얼굴은 언제 보아도 지루할 만큼 모나지 않은 평온한 그 얼굴 그대로다

하지만 요즘 나는 가끔 꿈에서 어떤 압박감에 몰리다가 대상을 향해 허공에 발길을 날리기도 하며 나도 모르게 내가 지른 괴성에 놀라 잠에서 깨어 일어나 그나마 꿈이었기에 다행이다 싶어 후유 안도감에 한숨을 쉬기도 한다

현실보다는 꿈이 좋았던 옛날과 달리 현실이 꿈보다 더 좋아진 통계상 빈도수 역전의 현상이기는 하지만 결코 부정할 수만은 없다는 게 문제라면 문제가 된 셈이다

세상에 떠도는 소문처럼 나는 악착스럽게 성공한 인물이거나 그렇다고 내가 또 인생의 패배자는 아니다 나는 실패는 여러 번 했지만 사실 패배한 것은 아니기에…그렇다

　나는 여전히 내가 살아온 내 생애만큼 나를 무서워한다.

내 몸이 나무라면

    오늘 욕실 벽거울에서 내 심안心眼에 잡힌 내 몸의 지적도 숱한 상처와 진물이 뒤엉켜 오랜 세월 후에도 생살이 돋아나 깊은 나무공이처럼 박힌 미세한 흉터를 보며 새삼 나만의 생명의 비의秘意를 깨닫게 되네

    상처가 새삼 세월을 먹고 굳어 훗날 단단한 힘의 버팀목이 되기도 한다는 사실을 알게 되~네

    젊은 날 만원버스 손잡이에 매달려 교통사고로 의식불명이 된 채 병원으로 실려 가 귀가하지 못하고 수술 후 달포도 더 병원에 머물며 깊게 패인 수술 자국과 유년기에 생긴 누군가의 손톱자국, 눈가의 상흔 하나까지 내 시한부 육신의 내 안의 나와는 서로 다른 둘로 나뉘어 이 팔순八旬의 나이에 이르기까지 함께 살며 새삼 조

이스 킬머*가 그의 시 〈나무〉에서 노래한 "시는 나 같은 바보가 만들지만 나무를 만드는 것은 오직 하나님 뿐"이라는 대목을 조금은 이해할 수 있을 것 같네.

---

* 미국의 시인(1886~1918). 가톨릭으로 개종하기 전 초기에는 아일랜드풍의 시를 썼다. 그러나 1차 세계대전에 참전, 그의 천부적 시재(詩才)를 펴 보지도 못한 채 전사, 요절한 것으로 전해진다.

내 안의 백수광부白首狂夫

언제부턴가 점심시간이 되면 난 집필실 12층 난간에서 먼저 거리의 표정을 살핀 후 행동반경을 결정하는 버릇이 생겼다 물론 그 안엔 한 끼 메뉴를 포함한 나름 주어진 시간 삶의 극대화를 전제로 한 잠시 이동공간의 거점도 포함되어 있다 도심에 인파가 불시에 쏟아져 나오는 시각에 이 흐름은 자가운전의 흐름에서 그러하듯 나의 나이 많음이 결코 특혜의 고려 대상이 될 수 없기 때문이다

그런데 이 시각 이따금 백주대낮 마시다 만 소주병을 한 손에 치켜들고 어디서 많이 본 듯한, 붐비는 차량과 인파 사이를 비집고 아슬아슬하게 무대가 아닌 라이브 공간에서 모놀로그를 잘도 연출하는 매번 다른 사나이를 목격할 때가 있다

겉으로 봐선 우유부단하고 선량하게 보이는, 그러나

내 프로필엔 한 줄도 기록돼 있지 않은, 도대체 너는 누구냐?

모처럼 폭염 장마 끝 미세먼지로부터도 자유로운 이 선선한 아침나절 그동안 거추장스럽게만 느껴졌던 내 몸뚱어리가 마침내 지상을 딛고 공중으로 솟아오르기라도 하려는가?

그래서 마침내 내 안에 살아남아 나를 혼미하게 만든, 그동안 내 안에 동거하던 또 다른 나의 분신─백수 광부 네 뒷모습을 볼 수 있을 것인가?

꿈 이야기
1幕 2場

전반(악몽): 쉴 참 잠시 경사지에 세워 둔 차의 제동장
치가 풀려 쏜살같이 멀리 묘망渺茫의 한 점으로 사라진
후 허겁지겁 뒤따라 내려갔으나 그걸 이미 누군가 노다
지로 알고 재빨리 해체 그 단서를 찾아 힘든 삶의 재구
성을 노리는 한 사나이의 시시포스적 의식지향 끝없는
고행길

후반(길몽): 나와 관련된 무슨 경사스러운 일로 모인
일군의 관계자들로 이뤄진 화기애애和氣靄靄한 식사 곁들
인 축하 자리 내가 자리한 식탁 한가운데엔 수반의 꽃
꽂이가 놓이고 대각선 맞은편 자리엔 국민 모두가 선망
하는 저명인사의 환하게 미소 짓는 옆모습이 카메라 앵
글에 잡힌 행복이 묻어나는 시간의,

어쩌면 그 유명한 프로이트나 융과 같은 심리학으로
도 풀 수조차 없는 이 거짓말 같은 두 쪽의 꿈은 깊은

밤 자주 선잠을 자곤 하는 내게 하룻밤 실제로 두 번에 걸쳐 일어난 두 조각 꿈 얘기의 조합

    결말: 예서 굳이 생^生철학자 딜타이의 이론을 원용하지 않고도 인생이란 의식체험의 결과적 현상임을 알 수 있을 뿐만 아니라 이로 미루어 "꿈 = 현실 + 의식 = 인생"이란 등식^{等式}이 성립된다는 결론에 이르게 됨, 아니 인생이란 결국 꿈의 이음동의어^{異音同意語}임이 입증된 셈.

다시 꿈에 대하여

흔히 우린 이 꿈이란 말을 소망所望 혹은 이상理想과 동일한 뜻으로 '꿈꾼다'는 말 속에 넣어 쓰지만 이즈음 나이 80 고개에 이르고 보니 꼭 그런 것만도 아니란 생각이 드네

아니, 지금껏 세상을 살면서 뇌에 저장된 정보나 의식의 조각들이 꿈꿀 당시 정황에 따라 한 폭의 린넨폭—교직交織돼 만들어진 일종의 몽타주란 생각이 들기도 하네

그래서 이젠 꿈은 사춘기적 달콤한 몽정夢精은 물론 고단한 현실을 잠시 눕혀 쉬어갈 만한 편안함을 만들어주지도 못함을 직접 체감하면서 신열身熱에 부대끼는 현상은 아닐까

그래서 이젠 새삼 그 꿈속보다는 현실세계가 더 현실

적인 삶의 지지대가 되고 있음을 깨닫게 되는 것은 아
닐까

　더불어 몸은 자꾸만 앞으로 기우는데 반대로 의식은
자꾸만 뒤쪽으로 향하고 있어 누구나 자기 삶을 마감할
때까지는 어쩔 수 없이 이 고역苦役을 벗어날 수 없게 되
는 것은 아닐까 하는 그런 생각이 들기도 하네.

미몽迷夢

무슨 일이었는지는 모르지만 전직 교수였던 내가 주선하여 방문한 가정집은 알고 보니 한때 이웃이었던 야당대표의 가정이었네

헌데, 내가 그 화기애애和氣靄靄한 자리를 떠나 잠시 급한 일로 자리를 비운 사이 일행들은 이미 그 집 안주인이 차려준 술자리를 마냥 즐기고 있는 듯한 그런 것을 내 자신 알아차린 순간 금색 학위복學位服 같기도 하고 법복法服 같기도 한 벽 한쪽 공간에 이 집 가장의 평상시 상용하는 물중들과 함께 이어 이런 상황을 지근거리에서 미소로 지켜보는 그분의 환한 얼굴도 일시에 내 의식앵글에 잡혔지

그래서 나는 조심스러운 생각에 본능적으로 자리를 물리려고 동행한 일행들에게 보디랭귀지를 구사驅使로 먼저 옷걸이에서 내 상의를 챙겨 입는 순간 이 집 안주

인께선 기다렸다는 듯 반가운 미소로 다가와 내 옷매무
새를 고쳐 주기도 했지

　그래서 나는 먼저 이 집 가장에게 다가가 이 상황을
가까스로 눈치채고 일어선 일행들을 간단히 소개한 후
정말 의외였다는 설명 대신 악수를 나눈 후 간신히 큰
결례 없이 이 가정방문 행사를 무사히 마칠 수 있었던

　아뿔싸! 마치 현실 속 드라마의 한 장면 같기도 한…

5부

권태와
변태 사이

에피소드

이따금 일간지에 끼어 배달되는 세계적인 명품패션 광고 전문지 "STYLE"!

처음엔 딴 세상 얘기라 치부하고 아예 따돌리기만 하다가 아니지 이 고정관념에서 한번 벗어나 보자 궁리 끝에 문득 떠오른 것은 장폴 사르트르와 장 보드리야르의 이름이었지

"세상에서 가장 확실한 것은 이미지"라는 전자의 주장과 시뮬레이션을 통해 "세상엔 진짜가 없다"는 후자의 주장이 바로 그것이었지

하여, 나는 마침내 이 광고지의 질곡桎梏으로부터 자유로워질 수 있었지

소비를 중시하는 물신주의物神主義시대 왕따당하지 않

고 서로 길항抗抗하며 나의 경우 이미지를 중시하는 세
계적인 두 거장巨匠의 문화 코드에 맞춰 고정관념을 바
꿔 그 상품을 소유所有 편향의 구매력보다는 향유력享有力
을 더 중시했기에 그렇다고 볼 수 있지.

공생共生으로 가다

한평생 고락을 같이해온 내 반쪽 조강지처가 뭐라 해도 나와 호흡이 잘 맞아 받쳐 주듯이 폐차 기준을 넘어도 수십 번도 훨씬 더 넘긴 1995년산 구형舊型 뉴그랜저 차량이 어느 신차보다도 운전습관 기분을 잘 알아 오늘까지 내게 최적화된 운전조건을 만들어 나를 위험으로부터 보호해 주는 내게는 최상의 반려 애차愛車가 아닐까

이는 곧 고교 시절 생물시간에 선생님께 배운 사회주의 목적론자目的論者 라마르크의 주장대로 자동차가 기름 공급 없이 달릴 수 없듯 인간도 음식을 먹지 않고는 삶을 지탱할 수는 없다는 의견과 사실 그 원리가 크게 다르지 않다는 어찌 보면 유물론唯物論적 인식은 아닐까

아니, 이는 곧 우리 인간의 삶 자체도 알고 보면 존재하는 모든 유형무형의 총체적 융합적 관계로 이뤄진 그 결과적 현상이라는 견해는 아닐까

모든 것이 맞물려 돌아가는 그 이상도 그 이하도 아
니라는 것은 아닐까.

詩와 밥

詩가 밥이 될 수는 없어도
밥은 詩가 될 수 있다네
하지만 그러한 詩도 때로
거울이 우리의 외모를 훤히 비추듯
때로 우리의 내면을 훤히 비추는 날엔
거울이 되어 우리의 영혼을 맑게
비출 수 있다네
우리들 팍팍한 가슴을 적셔 주는 샘물이 될 수 있다네
상처 난 우리들 마음을 치유해줄 수 있다네
詩는 다시 우리들 밥이 되고 노래가 될 수 있다네

하지만 오늘의 詩여!
다가갈수록 멀어져만 가는
인파人波만이 붐비는 도심의 빌딩 숲속
그 다가갈 수 없는
피안彼岸의 감성이여!

백화점에는 시계가 없다

아침운동을 마치고 부부가 식사를 위해 마주한 식탁 언저리로 마침 창문을 통해 불어오는 상쾌한 바람결 속에,

평소처럼 분위기의 최적화를 위해 맞췄던 라디오의 음악 다이얼을, 취향에 맞지 않아 아예 끄고 다시 자리로 돌아온 내게 순간 아내가 불쑥 꺼낸 한마디 화두는—

시간대에 따라 양상을 달리할 것이라는 판매전략 차원의 배경음악과 연관된—"백화점에는 시계가 없다"였네

물론 내게 아내의 실제 그런 주문은 없었지만 "그러니 당신도 당신의 심상을 음악에 맞춰야 한다"는 메시지로 나름 해석을 한 나는 새삼 세상은 나만을 위해 열

려 있는 공간이 아니라는 자각과 함께

　아니, 우리 인간 역시 조물주의 입장에서 보면 우주 원리와 운율에 맞춰 좌우되는 소비재에 불과할지도 모른다는 조금은 그런 엉뚱한 생각까지 하면서 때늦은 성찰과 뉘우침으로 말없이 이내 내 삶의 무게로 채워진 가방을 어깨에 둘러메고 전에 없이 조심스러운 마음으로 현관문을 나섰네.

무요일無曜日

사람들에게는 직장 유무를 떠나 보통은 월요일보다는 금요일이나 양쪽에 공휴일이 낀 그런 날을 선호하는 것이 인지상정人之常情일 듯싶다

하지만 이미 은퇴를 해 비교적 시간생활이 자유로워진 사람들이라고 하여 꼭 그런 궤도에서 벗어나 물 흐르듯 유유자적悠悠自適 살아가면 그만일 것이라고 속단하는 것은 잘못이 아닐까

더욱이 이미 10여 년 전 은퇴해 이전보다 더 공부하는 재미에 길들여져 대가 없는 연구나 창작에 늘 골몰하는 나와 같은 사람들에겐 절로 차분해져 글쓰기 좋은 우요일雨曜日이라면 혹 몰라도 무요일의 구분이 무슨 소용이 있겠는가.

인생 불패不敗

희망의 사다리를 타고 오르다가 문득 아래를 내려다
보니 절망의 늪이 보인다

누군가 무심코 내 사다리를 치우기 일보 직전의 기우
뚱거림이여!

김용호 시인이 그랬던 것처럼* 이제 나는 더 이상 올
라갈 수도 내려갈 수도 없다.

* 학산(鶴山) 김용호(金容浩) 시인의 시 〈날개 Ⅱ〉에는 이와 비슷한 유추
(類推)—열심히 사다리를 오르다 다시 내려가려고 해도 이미 누군가 사
다리를 치워 내려갈 수는 없고 아래쪽에서는 자신의 지나온 삶을 비웃
기라도 하듯 "삐에로! 삐에로!"라고 외치는 소리를 듣는다는 비유가 나
온다.

앙꼬 없는 찐빵

　연락을 받고 오랜만에 강남 교보에 갔다가 문득 내 시야에 들어온 것은 전과 달라진 매장의 백화점식 진열대들이었지 어느 사이 확 달라진 낯선 모습의 이들 공간의, 북-숍은 줄어든 대신 고객이 선호하는 일반 주류 상품들이 공간을 채운 이 공간의 사이를 비집고 다니면서 갑자기 나는 아웃사이더가 된 그런 느낌이 들었지

　아니, 평생을 전자책보다는 지금까지도 부스러지기 일보 직전의 오프라인 종이책에 의존하며 논문과 시 창작 등을 수행하는 나로서는 이 사실이 적잖은 파동으로 다가올 수밖에 없었지

　그래서 그 순간 나도 모르게 한 젊은이에게 다가가 건넨 말은 세계적인 패션 샤넬의 창업자 故 라거펠트가 남긴 어록―'만일 당신이 현재 머물고 있는 공간에 책이 없다면 그 공간은 죽은 것이나 다름없다'는 말이었지

하지만 의외로 환한 미소와 함께 돌아온 이 젊은이의 대답은 '선생님! 전적으로 동감입니다'였네 하지만 한때 책문화의 상징이었던 이 붉은 벽돌건물이 나는 '앙꼬 없는 찐빵'과 같다는 느낌을 끝내 떨쳐 버릴 수 없었지.

권태와 변태 사이

오늘 주유소에 주유하러 갔다가 지하 저장고에서 열린 옆구리 주입구注入口를 통하여 삼투압작용滲透壓作用으로 차의 오일 탱크가 채워지는 동안 앞면 차창 유리를 통하여 나는 우연히 무성한 담쟁이 푸른 잎 넝쿨이 등나무 등걸에 업혀 용케도 회색 임시칸막이 담벼락을 힘차게 감아 오르는 것을 목격했지

하여, 우리 인간의 삶 역시 저와 같은 권태와 변태 사이를 서로 견인牽引해 주는 그 어떤 힘에 의해 지탱되는 것은 아닐까 잠시 그런 생각을 해 보았지

그건, 인간 삶의 내재적 개연성을 전제로 하는 모든 문학작품들 역시 알고 보면 모순과 갈등구조를 그 본질로 하고 있기 때문이지.

뼈가 있는 농담弄談

2019년 제헌절 다음 날 아침, 한순간 나는 억수로 쏟아지는 창밖의 폭우를 별다른 사념 없이 멍하니 편하게 바라보고만 있던 참이었지

하지만, 그것도 잠시 출근길 운전석에 앉아야 할 처지로 빗길 수막현상에 대비한 안전거리 유지는 물론 안개등 켜기 등을 새삼 유의留意해야 하면서도 한편으로는 당장 곁에 걸칠 비옷도 챙겨야 해서 사실 이 순간의 결정과 집중력이 필요한 매우 중요한 찰나刹那이기도 했지

그래 내심으론 좀 불안한 상황이긴 했지만 짐짓 치기稚氣에 가까운 여유를 부려 아내에게 농담을 걸어 본 것이라 해야 아마 정확한 표현이 될 듯하~네

"세상에서 가장 불행한 여자는 잊힌 여자!"라고

"그렇다고 뭐 남자는 예외인가?"

"여보, 사실 나는 장롱 속에서 이 순간 내게 필요한 잊혀진 옷가지를 얘기하려 한 참이야!" 얼른 토를 달아 국면전환을 시도했지

그런데 아내는 이어 "의복의 경우는 아직 기억 속에 남아 있다 해도 너무 유행에 뒤져 도리 없이 때로 버려야 할 것이 있지요" 하네

별안간 한 수 위의 아내 화술 앞에 속수무책이 된 나!

분명 뼈는 있어도 부부간 악의惡意는 없는, 이 서로의 농담 끝에 모처럼 우리 부부는 마주 보고 웃으며 함께 모처럼 기분 좋게 현관문을 나섰지.

자화상

    나는 원고를 청탁한 편집자로부터 첨부 프로필을 문학적 범주에 국한시켜 4행으로 압축해 재발송해 달라는 주문을 받았다 그래서 문학에 눈뜬 소년 시절에서 이제까지 60여 년 생애의 의미를 소실점消失点으로 삼아 감히 구리거울을 닦는 윤동주의 시 〈참회록〉에 나오는 뉘앙스를 차용借用해 본다 나는 그간 시마詩魔에 시달리면서 달포 전 12번째 졸시집《황혼의 민낯》을 내놓고도 시에 대한 갈증으로 아직도 시의 제왕帝王을 꿈꾸며 시도 때도 없이 열리지 않는 궐문闕門을 두드리는 "부끄러운 시 바보"라 한 줄에 줄여 본다.

얼룩에 대하여

거울의 얼룩을 지우며 내 얼룩도 함께 본다

요즘 지구별 생태계에서 일어나는 여러 얼룩도 함께
본다
호주대륙에선 무려 재앙적災殃的 수준의 10억 마리 무
고誣告한 동물들이 산불에 희생되고 북극에선 대책 없이
빙하 녹아 부빙浮氷에 목숨 걸고 떠다니는 북극곰 가족
의 실상도 함께 본다

오랜 세월 인간의 문명 발달이 후유증後遺症―대기온난
화 이후 교란된 마다가스카르의 숲의 파괴가 결국 먹이
사슬로 이어져 전 지구적 생태계의 공멸로까지 이어지고
있는 실상도 함께 본다

아니, 지워도 지워도 지워지지 않는 이 모든 얼룩은
본시 하늘의 본성인가

지금도 지구의 어느 한편에선 또 살육과 파괴도 서슴
지 않으면서 자신의 얼룩 대신 두 눈에 불을 켜고 상대
방의 얼룩만 치켜드는 인간들의 끝없는 정쟁과 아귀다
툼도 함께 본다

　하, 코발트빛 청명한 가을 벽공碧空처럼 새털구름에
갇혀 언뜻언뜻 보이는 맑고 푸른 저 얼굴은 또 본시 누
구의 얼굴인가.

영원·해탈에 이르는 오늘 이 순간의
솔직담백한 시학詩學

이경철 | 문학평론가

낡은 세월에 이어진
새로운 나의 食事法

病을 멀리하다가
되레 生과 死를 아우르는
病을 사랑하게 된,
오늘, 나의 食卓

새삼 내 삶의 식판食板에 오른
푸르른 하늘빛 같은,
설문지의,
그 분명한 한 가지는—

(중략)

과거와 현재와 미래까지
한군데 모여 소실점消失点을 이룬,

오늘 지금 이 時間.

—〈오늘 지금 이 時間〉부분

60여 년의 시 쓰기와 시 연구로 연 도통의 시편들

류근조 시인의 열세 번째 신작 시집《안경을 닦으며》
는 줄줄 잘 읽힌다. 쉽다. 그런데도 비범하다. '평상심시
도'平常心是道라, 우리네 일상을 쉽고 진솔하게 전하고 있
는데도 바로 도통道通에 이르고 있다.

팔순을 맞아 펴낸 시집인데도 시편들이 젊고 실험적
이다. 시의 내용 혹은 정신 및 형태를 문학청년 시절처
럼 다각도로 실험하고 있다. 어떻게 하면 속뜻과 정을
그대로 전할까 하며 탐색을 게을리하지 않고 있다.

나는 원고를 청탁한 편집자로부터 첨부 프로필을 문학적 범
주에 국한시켜 4행으로 압축해 재발송해 달라는 주문을 받

았다 그래서 문학에 눈뜬 소년 시절에서 이제까지 60여 년 생애의 의미를 소실점消失点으로 삼아 감히 구리거울을 닦는 윤동주의 시 〈참회록〉에 나오는 뉘앙스를 차용借用해 본다 나는 그간 시마詩魔에 시달리면서 달포 전 12번째 졸시집 《황혼의 민낯》을 내놓고도 시에 대한 갈증으로 아직도 시의 제왕帝王을 꿈꾸며 시도 때도 없이 열리지 않는 궐문闕門을 두드리는 "부끄러운 시 바보"라 한 줄에 줄여 본다.

— 〈자화상〉

〈자화상〉 전문이다. 있는 사실을 깔끔하게 압축·정리한 산문으로 읽어도 될 산문시다. 이렇게 시인은 시에서도 산문처럼 솔직하고 명쾌하게 자신을 드러내고 있다. 산문시든 자유시든 이야기시든, 주제와 소재에 맞게 시 형식을 택해 꾸밈없이, 숨김없이, 솔직담백하게 드러내어 읽기 좋은 시집이다.

시 〈자화상〉에 드러나듯 시인은 전 생애를 시에 바치고도 여직도 시에 목말라하는 "시 바보"다. 소년 시절부터 시를 쓰고 강단에서 시를 가르치고 또 시론과 시인론을 연구해온 문학박사가 시인이다. 대학교수직을 정년퇴임하고도 더욱 부지런히 시를 쓰고 공부하며 팔순에 이른 시인이다. 그런데도 자신을 "시 바보"라 칭한다.

불교 선가禪家에서 회자되다가, 우리 시대 큰 스승이
던 성철 스님이 말해 일반에도 널리 알려진 "산은 산이
요, 물은 물이다"라는 말이 있다. 지금 이 순간 우리 눈
앞에 펼쳐진 세계를 본래의 모습대로 여여如如하게, 동
어 반복식으로 보지 않고 우리는 얼마나 '산은 산이 아
니고, 물은 물이 아니다'식으로 보아 왔던가. 그러면서
의심하고 부정하며 또 얼마나 자신만의 세계를 탐구하
며 좌절해 왔던가.

　그러한 탐구 끝에 마침내 다시 깨달은 세계, 지금 우
리 눈앞에 환하게 펼쳐진 현전現前의 참진 세계가 '산은
산이요, 물은 물'인 세계다. 그런 깨달음의 경지에 이르
러 시인은 자신을 "부끄러운 시 바보"로 보고 있는 것
이다. 일체의 꾸밈이나 감춤, 의심이나 부정이 없는 세
계를 여여하게 펼치고 있으니 시가 쉽고 명확하게 읽히
는 것이다.

　조용히
　울고 섰거라

　전신에 어리는
　싸늘한 촉감을

거느리고

진종일
살락거리는
바람 앞에서

언제나
네 고운 피부를
밖으로 흐드기며 있거라

아, 어지러운 살 내음
이파리의 윤무輪舞를 지나
이 어두워오는 어두워오는
통로에,

단 한번
하늘 잃은 바래움이
청솔 푸른 가지 새로
그 자태를 내어보이듯이…

—〈나무〉

시인의 데뷔작이자 스스로 '내 청춘의 분신'이라며 아끼는 시 〈나무〉의 전문이다. 여고에서 교편을 잡던 청춘 시절의 체험을 바탕으로 쓴 시다. 은유로 많이 감추고 나무에 빗대 썼지만 '어지러운 살 내음'이나 '이파리의 윤무' 등에서 당시의 체험과 청춘의 열뇌熱惱가 감각적으로 신선하게 전해 온다.

이런 등단 무렵 초기 시에 대해 신석정 시인은 "진지한 생활태도와 더불어 심오한 사색과 예민하고 올바른 관찰로써 오늘의 현실과 아울러 오고 있는 역사를 누구에 못지않게 감수感受에 능한 솜씨로 짜낸 가작佳作"이라고 평했다. 체험의 진지성과 감수성, 그리고 시를 짜내는 솜씨, 기량을 높이 산 것이다.

그런 초기 시에 비해 이번 시집의 시편들은 은유나 감춤, 모호함보다는 그저 명명백백해서 좋다. 꾸밈이나 짜냄의 솜씨, 기량 단계는 이제 훌훌 털어 버리고 지금, 여기 바로 눈앞의 현전의 세계 실상을 있는 그대로 보여 주고 있어 명쾌하고도 깊다. '뭐뭐인 양', '뭐뭐인 체' 하지 않고 그냥 본질로 직격해 들어가는 경지에 이른 것이다.

이번 시집의 이러한 지경을 잘 보여 주는 것 같아, 먼저 감상하도록 앞으로 올린 시 〈오늘 지금 이 時間〉을 보시라. 오늘 지금 이 시간時間의 현전은 지금 한순간에 저절로 열린 세상이 아니다. 밖의 세계와 안의 '나'인 시인의 끊임없는 교류에 의해 열린 현전이다. 나와 세계의 "과거와 현재와 미래까지 한군데 모여" 열리는 것이다.

이것은 하이데거가 말한 실존으로서의 현전이고 또 시詩의 핵核인 서정抒情의 속성이기도 하다. 너와 나, 세계와 나는 같다는 동일성의 시학과 과거-현재-미래가 지금 이 순간에 함께 열린다는 순간성의 시학이 서정의 양대 시학이면서 또 모든 세계와 인간의 본질이요, 현전 양상 아니겠는가.

〈오늘 지금 이 時間〉은 그런 현전이며 시의 근본인 서정의 양상을 소실점같이 아련하면서도 생생하게 보여 주고 있다. 매양 지금 이 순간을 새롭게 살며 병과도 어울리면서, 생과 사 등 이분법적 구분을 넘어 영원한 도통의 지경을 보여 주고 있지 않은가.

매양 새롭고 긴장된 실존의 시 정신과 형태

詩가 밥이 될 수는 없어도
밥은 詩가 될 수 있다네
하지만 그러한 詩도 때로

거울이 우리의 외모를 훤히 비추듯

때로 우리의 내면을 훤히 비추는 날엔

거울이 되어 우리의 영혼을 맑게

비출 수 있다네

우리들 팍팍한 가슴을 적셔 주는 샘물이 될 수 있다네

상처 난 우리들의 마음을 치유해 줄 수 있다네

詩는 다시 우리들 밥이 되고 노래가 될 수 있다네

하지만 오늘의 詩여!

다가갈수록 멀어져만 가는

인파人波만이 붐비는 도심의 빌딩 숲속

그 다가갈 수 없는

피안彼岸의 감성이여!

―〈詩와 밥〉

밥을 소재로 한 시는 참 많고 지금도 많이 쓴다. 그러나 시가 밥이 될 순 없다. 시만 써선 생계를 유지할 수 없다. 그런 밥도 안 되는 시가 많이 쓰이고 시인도 많이 나오고 있다. 왜인가 하고 따지며 시의 본질과 효능을 밝히는 시다.

필자도 문학 담당기자로서 2000년대, 21세기로 들어

서며 〈중앙일보〉에 "시가 있는 아침" 난을 처음 마련했다. 야박하고 어둡고 잇속만 챙기는 팍팍한 현실의 신문기사 틈에 인간의 향기가 솟는 샘 하나 파놓자는 뜻에서다. 하여 매일 아침 독자가 자신의 순수, 그리움 자체와 만나 하루를 맑고 향기롭고 여유롭게 보낼 수 있도록! 그게 시의 변함없는 효험 아니겠는가.

시인도 전반부에서 그런 시의 효험을 자신의 체험을 통해 들려주고 있다. 그리고 후반부에서는 시의 가없는 깊이와 그런 시에 다가갈수록 어려워지는 시 쓰기의 어려움을 느낌표로 한탄·찬탄하고 있다. 그러면서 "피안의 감성"을 화두로 내걸고 있다.

아등바등 살아가는 우리네 현실. 차안此岸을 넘어야 이상理想 세계요, 대동大同 세계요, 화엄華嚴 세계인 피안에 이를 수 있다. 그런 궁극의 지경, "피안의 감성"이라니. 시인은 지금 지성이나 도道나 깨달음에 의해서라기보다 체험에 의해 온몸에 와 닿는 감성으로 그 지경에 이르려 한다.

지성이나 도나 깨달음은 피안으로 건네주는 뗏목, 방편方便에 불과하니 그 지경에 이르면 버리고 온몸으로 느끼고 살아야 함을 시인은 체험과 경륜으로 느끼고 있는 것이다. 학문이나 종교적 차원과 달리 시 또한 "피안의 감성"이요, 느낌이요, 삶의 구체라는 것을 후반부에서 평생의 지성적 탐구와 시 쓰기를 통해 감탄으로 터뜨리고 있는 것이다.

이 시집 말미에 실린 '자술연보'에도 밝혔듯 시인은 중학 시절부터 시를 교지에 발표하며 고등·대학 학창 시절 내내 문학소년·청년이었다. 1966년 〈문학춘추〉 신인상에 당선돼 시단에 나온 이래 지금까지 13권의 시집을 펴내고 있다.

시 창작뿐 아니라 중앙대 교수로 정년퇴직할 때까지 40여 년 동안 시 창작과 시론, 시인론 등을 연구하며 가르쳐온 시론가이기도 하다. 퇴임 후 좀더 여유롭게 시 창작과 학문에 몰두하며 우주적 공동체로서의 더 나은 삶을 모색하고 있으니 평생을 시와 함께 살고 있는 것이다.

이 시각 이따금 백주대낮 마시다 만 소주병을 한 손에 치켜들고 어디서 많이 본 듯한, 붐비는 차량과 인파 사이를 비집고 아슬아슬하게 무대가 아닌 라이브 공간에서 모놀로그를 잘도 연출하는 매번 다른 사나이를 목격할 때가 있다

겉으론 봐선 우유부단하고 선량하게 보이는, 그러나 내 프로

필엔 한 줄도 기록돼 있지 않은, 도대체 너는 누구냐?

모처럼 폭염 장마 끝 미세먼지로부터도 자유로운 이 신선한
아침나절 그동안 거추장스럽게만 느껴졌던 내 몸뚱어리가
마침내 지상을 딛고 공중으로 솟아오르기라도 하려는가?

그래서 마침내 내 안에 살아남아 나를 혼미하게 만든, 그동
안 내 안에 동거하던 또 다른 나의 분신—백수광부 네 뒷모
습을 볼 수 있을 것인가?

—〈내 안의 백수광부白首狂夫〉 부분

　지금까지 전해 내려온 우리 민족의 시 중에서 가장
오래된 〈공무도하가〉를 소재로 한 담시譚詩, 이야기시다.
고조선시대 나루지기 아내가 지었다는 이 시에는 아내
가 아무리 말려도 술 마시고 술병을 차고 강을 건너가
다 빠져 죽었다는, 하얀 머리를 산발한 미친 사내 백수
광부가 배경 설화로 등장한다.
　나는 이 사내를 신화시대의 마지막 인간으로 보고 싶
다. 그리고 지금 첨단문명시대에도 우리네 내면에 여전
히 살아 있는 샤먼shaman이며 영매靈媒이자 시혼詩魂으로
보아 왔다. 그런 고조선의 아득한 신화시대에서 우린

역사시대로 넘어와 살고 있다.

그럼에도 우리는 현실의 이 지상을 딛고 날아올라 삼라만상이 나·남 없이 어우러지던 신화시대를 오늘도 꿈꾸고 있다. 그런 세계를 생생하게 증언하는 것이 시고 시인일 것이다. 비록 현실 세계의 프로필, 이력에는 한 줄도 오르지 않았을지라도 시인은 그런 백수광부의 분신임을, 이 시는 또 다른 현실, 시의 현실로 증언하고 있다.

언설로는 표현할 수 없는 불립문자不立文字의 詩 폭설에 한 그루 설해목雪害木 우지직 꺾이는 청량淸凉한 자연의 소리에 놀라 초승달이 하늘 높이 별 몇 점과 함께 지상을 내려다보고 있는 그런 고요한 밤 한 사형수死刑囚가 방금 교수목絞首木에 매달린 채 딛고 섰던 발판이 아래로 꺼져 이승을 하직하는 그런 시각에, 78년 전 고고지성呱呱之聲을 울려 단지 45년을 이승에 머물다 간 비범했던 최욱경 화백이 나의 뇌리에 각인돼 나를 놓아주지 않네. 왠지 모를 낯설음과 방황과 生의 틈 사이에 끼어 절망에 고뇌하며 나와 문통文通하던 동갑내기 최욱경을 지금도 나는 잊지 못하네

(중략)

서로 비정非情의 거리를 두고 실존적 불안 같은 위기와 그 긴
장과 삶의 무게에도 생의 한가운데를 건너 그리운 목소리를
찾아 가출하여 그 어떤 방법으로도 지울 수 없는 그리운 불
멸의 소실점消失点으로 곳곳에 살아 숨 쉬네.

—〈생生 — 최욱경崔郁卿〉 부분

한국 현대화단에 추상표현주의의 초석을 다지며 불
꽃처럼 살다 간 화가 최욱경을 소재로 한 담시다. 시인
과는 동갑내기로, 그림과 글로 서로 문통했다고 밝히고
있다. 최욱경의 추상화를 시인은 글로는 감히 표현할
수 없는 불립문자 지경의 시로 봤다.

사형수가 목매달려 죽을 때 지른 비명 같은, 산천초
목도 그 절절함에 공감하는, 단말마 같은 그림과 시로
서로 통했다 한다. 생의 한가운데로 대책 없이 내던져
진 실존적 불안을 긴장되게 살면서도 "그리운 불멸의
소실점으로" 향하는 실존과 로맨티스트로서의 시혼詩魂
과 화혼畵魂이 문통하고 있는 시다.

고향집 처마 들보에 매어 단 각종 씨종자 주머니 예비된 생
명의 엄숙한 고요를 마치 태풍전야의 긴장에 비유한다면
종이백 속에 넣어져 내 집필실 한쪽 구석에서 멸실滅失의 일

보 직전 발견된 다음 꽃씨 방은 누란累卵의, 포란 꽃씨 방이
라고 해야 맞으리

다음
1. 종種: 코스모스·장미·기타
2. 채집일자: 2015년 10월 25일
3. 채집장소: 서초구 원터길 45 천개사天開寺 경내境內
4. 채집자: 류근조 최진숙 부부

※별첨: 이 속엔 풍상우로風霜雨露와 지리한 장림長霖과 따가
운 햇살을 견디고 고사枯死하지 않고 가까스로 소슬 삽상한
가을빛 속에 여문 새로운 계절의 결곡潔曲한 꿈이 들어 있습
니다.

— 〈포란抱卵의 꽃씨 방〉

심중心中이나 사실을 있는 그대로 내보이는 시다. 그
런데도 시인의 성실하고 치밀한 시론으로 읽히는 시다.
나아가 우주순환의 영원한 생명의 모습 또는 섭리, 도道
의 깊이까지 내장한 시다.
총 세 연으로 나뉜 이 시에서 첫 연은 독립된 짧은 산
문시로도 볼 수 있다. 집필실 구석에서 찾은, 몇 년 전

채집한 꽃씨 종이주머니에서 유년의 고향집 처마 들보에 매달린 각종 곡식 씨앗을 보고 있다. 지금 이 순간이 과거와 곧바로 이어지며 영원의 싹, 생명을 내밀고 있는 연이다. 태풍전야와 쌓아 놓은 계란 같은 긴장과 위기의 현실, 실존의식 속에서도 영원한 포란 꽃씨 방을 보아 내고 있다.

"다음"으로 이어지는 둘째, 셋째 연은 꽃씨 종이주머니에 기록된 글을 그대로 옮긴 것. 첫 연의 보충설명 혹은 자료면서도 떼놓고 보아도 "별첨" 때문에 그대로 독립된 시로 읽힌다. 첫 연과 함께 읽을 때 "새로운 계절의 결곡한 꿈"이 허황된 꿈이 아니라 우리네 일상도 바로 그 영원한 삶일 수 있음을 사실대로 말하는 시가 된다.

찬찬히 다시 들여다보면 "누란의, 포란 꽃씨 방"은 "새로운 계절의 결곡한 꿈이 들어 있"는 시 자체가 된다. 그리고 그런 결곡하고 영원한 시 같은 게 우리네 삶의 본질 아니겠는가.

시인은 이렇게 우리네 일상의 삶 속에서 자연의, 영원한 삶의 섭리를 보고 전하고 있다. 평생 시와 함께 산 체험과 경륜, 그리고 관성에 안주하지 않고 매양 새롭고 긴장되게 시 정신과 형태를 끊임없이 닦고 모색해 가면서.

동서양 지성의 총화로 이뤄낸 도통의 실감

나는 오늘 모처럼 남향 창가 의자에 앉아, 자신을 찾아온 황
제에게 햇볕을 가리지 말아 달라 주문하던 디오게네스처럼
안온한 마음이 되어본~다

난생처음 느껴 보는 이 마음의 평화는 무엇인가 마음속에
이름 모를 아름다운 선율까지 흐르는 이 한겨울 따뜻함은
어디서 온 것인가

닦아도 닦아도 더 맑게 닦고 싶은 허전함과 이 마음의 평화
는 진정 어디서 온 것인가

지난 내 삶의 무게를 벗어나 깃털처럼 가벼워져 모처럼 한
점의 티끌도 없는 마음의 창공을 날아 본다.

ㅡ〈안경을 닦으며〉

이번 시집의 표제시 〈안경을 닦으며〉 전문이다. 시집
전체의 시 세계를 이끌며 대표할 수 있을 때 표제시로
올리는 게 상례다. 세상을 맑게, 명쾌하게 보려 안경을
닦듯이 마음을 맑게 닦아 우리네 본래 마음, 세계와 삶

의 본질을 있는 그대로 보여 주고 있는 시집이 이번 시집이다.

"어느새 공원엔 석양의 어스름과 한겨울 냉기마저 스며들어 더 이상 지체遲滯할 시간조차 없거늘 더 늦기 전에 목마에서 내려 손잡고 걸으며 곰곰이 우리 함께 다시 한 번 생각해 보자!"(〈목마를 타며〉 부분)에 드러나듯, 석양의 어스름이 깔리는 노년 무렵 지나온 한 생애와 공부와 시 쓰기의 체험과 경륜을 바탕으로 곰곰이 다시 한 번 생각해본 마음과 세상을 명쾌하게 전하고 있는 시집인 것이다. 그러면서 "한 점의 티끌도 없는 마음의 창공을 날아 본다"며 도통의 지경에 이른 시집이기도 하다.

총 네 연으로 구성된 〈안경을 닦으며〉에서 첫 연에서는 오랜만에 창가에 앉아 햇볕을 쬐며 망중한忙中閑을 즐긴다. 그러면서 가난하지만 부끄럼 없이 자족의 삶을 실천한 그리스 철학자 디오게네스를 떠올린다.

두 번째 연에서는 어디서 이 망중한의 마음의 평화가 찾아온 것인지 묻는다. 세 번째 연에서도 이어 물으며 '마음 닦기'와 '허전함'을 내세우고 있다. 그러면서 "마음의 평화"와 "허전함"을 동어同語, 동격同格으로 놓고 있다.

마지막 네 번째 연에서는 마음을 닦고 닦아 허전한 마음이 된 평화가 어떠한지를 실감으로 보여 준다. "삶의 무게를 벗어나 깃털처럼 가볍"게 창공을 나는 마음을. 망중한 속 마음의 움직임을 쉽고 진솔하게 보여 주면서 독자를 그런 지경에 실감으로 이끌고 있는 것이다.

'일체유심조'一切唯心造라, 세상 삼라만상은 다 우리 마음이 지어낸 것이다. 금강산에 있는 만물상萬物相 같은 기암괴석이라도 어떤 마음에는 부처님으로, 또 어떤 마음에는 산도적놈으로 보일 것이다.

때에 따라, 사람에 따라 세상은 다 달리 보이니 마음을 잘 닦고 쓰라는 것이 불교는 물론 모든 종교와 뭇성현의 가르침이다. 이번 시집에서 시인은 마음을 닦고 닦으며 그런 가르침의 궁극, 도의 지경에 들어서고 있다.

한동안 어디에 가서 까맣게 소식 모르게 지내다가 잊을 만하면 찾아와 선뜻 내게 손을 내미는 너는 누군가

그 지극한 사랑의 전령사傳令使, 生과 死 두 얼굴을 지닌 진정한 내 삶의 반려자伴侶者여!

　　　　　　　　　　　　　　　　　　　　　　　―〈사랑하는 病에게〉 부분

이렇듯 무심결에 내 생전 처음 나 아닌 타자와 이 만남의 간극에서 어쩌다 누려본 무장무애無障無礙한 순간의,

모처럼 누려본 내 오늘 한순간의 행복한 특혜.

　　　　　　　　　　　—〈소묘素描—몽마르트르 공원〉 부분

잊을 만하면 불청객처럼 찾아드는 병을 "삶의 반려자"로 시인은 보고 있다. 고혈압이나 당뇨, 암 등 한번 걸리면 낫기 어려운 병을 차라리 반려자라고 생각하며 편안히 살 것을 말하곤 한다. 그런 일상 상식에서 출발해 삶과 죽음마저 동반자로 보는 영원한 도의 세계로 접어들고 있다.

기실 생이 있으므로 사가 있고, 사가 있으므로 생이 있는 것 아닌가. 모든 상반된 것은 동전의 양면처럼 한 몸이요 하나인 것, 색즉시공色卽是空이요 공즉시색空卽是色인 것이다. 유有는 무無의 한 몸의 또 다른 측면인 타자고 무는 유의 그것이다. 이분법적 분별을 넘어서면 영원한 도의 길이 열림을, 나와 병의 진정한 반려를 통해 시인은 드러내기도 한다.

그런가 하면 낯선 곳 파리의 몽마르트르 공원 벤치에 앉아 따스한 햇살을 받으며, 시인은 나 아닌 타자와 만

나고도 있다. 무심결에 생전 처음 만난 타자, 그래서 아무런 거리낌 없이 순간의 행복을 맛보게 한 타자는 누구일 것인가.

그건 시인 자신의 본래 진면목일 것이다. 표제작 〈안경을 닦으며〉에 드러나듯 마음을 닦고 닦아 가며 만난 허전한 본디의 마음, 모든 세상을 본디대로 하고 비추지만 흔적을 남기지 않는 허정한 마음일 것이다. 그런 자신의 진면목, 허정한 마음을 만난 행복을 실감으로 시인은 보여 주기도 한다.

이승의 온갖 땅에 떨어진 별들이 불타서 재災가 된 자리엔 여러 꽃들이 피어 난만하다 어느 사이 꽃밭에 꿀을 찾아 이 많은 벌과 나비 떼가 날아들었는가 그 소리 또한 무성하다.

집착과 오욕칠정五慾七情이 불타 재가 된 선승禪僧 다비식茶毘式의, 조금의 온기로 남아 하얀 연기가 아직도 피어오르는 자리엔 놀랍고 공허하게도 고승高僧의 육신은 가뭇없이 사라지고 사리舍利 구슬들만이 촘촘하게 밤하늘의 어둠 속에 빛나는 별들처럼 거꾸로 쏟아질 듯 쏟아지지 않고 매어 달린 채 지상을 향해 영롱한 빛으로 생生과 사死의 경계를 보여 준다.

—〈구혼救魂—地上의 25시〉

꽃과 벌, 나비 난분분한 봄날, 고승의 다비식을 보여
주고 있는 시다. 그러면서 불교의 윤회, 과학적으로는
우주 유기체론 또는 순환론을 자연스레 드러내고 있다.

두 연으로 나뉜 이 산문시에서 앞 연은 불탄 자리에
온갖 꽃 피고 벌·나비 날아들어 왕성하고 무성한 봄 생
명의 세계를 다루고 있다. 봄의 새 생명을 낳은 불탄 자
리는 별이 떨어져 타서 죽은 자리, 별의 무덤이다.

뒤 연에서는 고승의 다비식을 세밀하게 그리고 있다.
집착과 오욕칠정의 무명無明의 마음과 몸은 불타고 사리
만 남은 다비식을. 그 사리는 영롱하게 빛나며 다시 저
하늘의 별로 떠오를 것이다.

별에서 꽃으로 나비로 다시 사람으로, 그렇게 한 생
명으로 돌고 도는 게 우주 자연의 섭리다. 캄캄한 혼돈
속 존재도 없는 것들이 모이고 모이다 한 점 빛으로 폭
발해 원소를 낳고 돌을 낳고 사람을 낳고 별을 낳으며
우주 삼라만상의 파노라마를 펼쳐 간다는 것이 우주 생
성론의 정설이 된 빅뱅big bang 이론 아닌가.

혹독한 죽음의 계절, 겨울을 지나 새 생명 난분분한
봄날의 다비식, 화장火葬을 통해 그런 우주 순환의 섭리
를 보여 주면서도 시인은 덥석, 편안하게 그런 순환의
세계에 안주하지 않는다. 거꾸로 매달린 채 "생과 사의

경계"를 냉철하게, 긴장되게 보아 내고 있다.

> 먹구름 사이 잠시 얼굴을 내밀다 사라져 모습을 감춘 푸른
> 하늘이여
>
> 이승의 삶 역시 영원한 찰라刹那인가
> 아니면 여부운如浮雲 한순간인가
>
> 낯선 땅
> 환한 대낮
>
> ─〈풍경風景〉 부분

시인은 뜬구름 같은 한순간, 찰나를 보고 있다. 영원으로 이어지는 찰나를 살고 있다. 그 찰나는 나와 세계의 과거와 현재와 미래가 겹쳐지는 순정한 마음의 찰나로서의 현전이다. 여기서 시인의 시 세계는 동양의 자연적 섭리와 서양 현대철학의 긴장된 실존의 현전과 만난다. "낯선 땅 환한 대낮"의 풍광처럼. 지금 우리 눈앞에 생생하고 환하게 펼쳐져 있고 또 그 속을 살아가는 현전의 세계를 드러내고 있다.

체험과 경륜에서 우러난 생생함과 깊이

맹수에 쫓기는 석양 길 나그네
다급해져 길가 우물 속 관목에
매달리네

아래는 날름대는 독사의 입
간신히 의지한 가지는
흑백 두 마리 쥐가 연신
갉아 대고

하여, 본능적인 위기의식에
나그네 세상을 향해
SOS를 날려 보네

하지만 아무런 응답이 없네

―〈세월〉

　갈 길은 먼데 해는 벌써 기울어가는 시간, 세월에 쫓기는 나그네의 다급한 상황에 빗대 노경老境의 시인의 절박한 심사를 드러낸 시다. 그러면서 실존의 본질과 한계 상황도 짧은 우화寓話를 곁들여 잡아내고 있다.

우리를 편안히 이끌던 신은 가버리고 또 SOS를 쳐도 구원해줄 신은 아직 오지 않은, 이 이중의 궁핍한 시대. 이제 우리는 인간으로서 스스로 서서 주체적으로 생생하게 살아가야 한다는 게 실존주의다. 그런 실존의 요지를 노년의 절박한 심경으로 명쾌하게 드러낸 시다.

인간이 꾸며낸 기성의 관념 세계를 철저히 부정한 니힐리즘의 키르케고르에게서 싹터, 하이데거에 의해 만개한 서양의 실존사상은 나와 세상의 합치, 주객일여 主客一如를 지향하는 동양사상, 특히 선禪과 통한다.

실제 하이데거는 선에 정통한 일본의 학자와 편지를 주고받으며 인간과 자연으로서의 세계가 서로 삼투하여 펼치는 실존의 현전을 완성해 갔다. 그리고 그런 현전 양상을 살고 드러내는 게 시인이며 시로 보지 않았던가.

선가禪家에서는 입 다물기를 이 시에 드러난 것처럼 나뭇가지를 입에 물고 있는 식으로 하라 한다. 입을 벌려 말하는 순간 떨어져 독사에 물려 죽으니 입 꽉 다물고 묵언默言 수행하라는 것이다. 기성의 관념이 켜켜이 쌓인 말로서는 실존의, 현전의 섭리 혹은 열반의 무아지경無我之境 세계를 드러내 보일 수 없으니.

시 〈세월〉에는 그런 실존철학과 선의 요체가 담겨 있다. 끊임없는 학문 탐구와 경륜, 무엇보다 절박한 체험에 의해 시인은 그런 지경에 생생하게, 즉물적으로 이르고 있다.

새벽에 눈을 떠 귀를 열면 여러 소리와 문자들이 다가와 권투선수처럼 결정을 행동에 옮기지 않을 수 없도록 나를 압박한다

하여, 이 순간의 결정은 때로 삶의 방향을 바꾸기도 한다

또 이런 소리와 메시지는 마치 음식물과 같아서 이 취사선택이 곧 내 생사生死의 흐름을 바꾸기도 한다

아니, 죽음에 대한 두려움 속에서 삶을 이어가는 자체가 영성靈性을 깊고 두텁게 하는 수행修行이라고 내 손바닥을 양손으로 공손히 쥐고 손금을 짚어 보던 한 행자行者는 눈을 지그시 감은 채 사려思慮 깊은 어조로 타이르듯 말한다

(중략)

새삼 내 과거와 현재와 미래의 소실점消失點으로서의 오늘의
의미를 헤아려 본다.

—〈손금〉부분

새삼 실존주의사상을 그대로 떠오르게 하는 시다. 대
책 없이 이 세상에 내던져진 삶에서 자신이 주인이고
세상인 세계를 세우고 생생히 살아가기 위해 실존주의
에서는 선택과 결단을 요구한다.

새벽 맑은 마음의 시간에 결정과 행동을 압박하는 소
리와 문자는 시인의 내면에서 울려온 것이다. 링 위에
선 권투선수에게 코치가 전하는 것같이 생생하고 다급
한 그 소리와 문자들은 경기, 인생의 승패를 가른다.

그러나 그러한 선택과 결단은 일시적으로, 우발적으
로 이뤄지는 것은 아니다. "과거와 현재와 미래의 소실
점"에서 순간적 직관에 의해 이뤄진다. 해서 선택은 "영
성을 깊고 두텁게 하는" 도를 향하는 수행이요, 수행의
정도에 따라 선택과 그 결과는 다를 것이다.

시인이 지금 헤아려 보는 오늘의 의미는 "과거와 현
재와 미래의 소실점"에서 나온다. 지금 우리 눈앞에 꽃
피며 열리는 이 세상, 현전은 이렇게 나와 바깥 세계의
과거와 현재와 미래가 손금처럼, 거미줄처럼 얽혀 아연

새롭게 열리는 것이다. 〈손금〉은 그런 실존, 현전의 이
치를 산문시로 쉽게 풀어 쓰고 있다. 이론이 아니라 체
득해 생생하게 육화해 내고 있다.

소망이 열리는 시각에 일어나
별들의 반짝임을 보며
창을 닦자 항시 흐려지기 쉬운
우리네 마음을 닦자.

지난 추운 겨울
고향집 지붕 아래 새봄에
어둠의 이랑을 헤집고
파종할 희망의 씨앗들을
일찍이 처마의 어디엔가
고이 간직해 매어 단 대지의
주인공답게

또 어디선가
곱게 그 씨앗들을 묻어줄 농부의
갸륵하고 성실한 뜻처럼
간절하고 절실하게

우리네 흠 없는 마음을 담아둘
영원의 창을 닦자.

창은 닦아도 닦아도
너무 맑고 투명할 순 없어

창을 닦자
새벽에 일어나 신선한 바람에
통속적인 생활을 씻고
사랑과 지성으로

너무 오래 버려 두어 막힌
나와 우리네 이웃 간의
소중한 창을 닦자.

─〈새벽에 창을 닦자〉

제목처럼 새벽에 창을 닦자고 하는 시다. 새벽은 마음이 차분히 가라앉아 맑은 시간. 그런 시각에 마음을 둘러보며 마음을 닦고 있다. '뭐뭐 하자'는 권유형 어미語尾를 반복하며 독자에게도 권유한다.

첫 연에서는 현재, 둘째 연에서는 과거, 셋째 연에서

는 미래로 나가며 영원으로 이어지는 마음을 닦자고 한다. 흐려진 마음을 맑게 닦아 우리네 이웃이며 대자연과 사랑과 지성으로 함께 어우러지자는 시다.

마음을 닦는 시인의 체험에 의해 쉽고 구체적으로 쓴 시면서도 이 시 한 편이 모든 종교수행의 궁극을 집대성한 '마음의 경經'처럼 읽힌다. 그러나 마음을 잡고, 닦기가 어디 쉬운 일인가. 잡아 두려면 망아지같이 멋대로 뛰노는 게 마음이고, 닦으면 금세 또 흐려지는 게 마음 아니던가.

그래서 집착과 갈애渴愛로 끊임없이 괴로워하는 오욕칠정에 찌든 마음을 닦자는 것이다. 하여 마침내는 그런 마음을 일으키는 마음 자체마저 무無와 공空으로 돌려 버려야 해탈에 이를 수 있다고 불교는 가르치지 않는가.

세상의 모든 문제는 문제 자체가 문제인 것이 아니라 문제 삼고 있는 마음 자체가 문제인 것이다. 세상은 이미 환하게 현전해 있는데, 아집에 갇혀 흐린 마음이 그걸 못 보고 있는 것이다. 그걸 체득한 시인이 문제를 삼고 있는 마음, 아집에 갇혀 흐리고 찌든 마음을 맑게 닦아 사랑과 영원으로 나가자고 우리에게 쉽게 쉽게 전하는 시다.

이처럼 시인은 수도승처럼 마음을 닦고 닦아 가며 과
거와 현재와 미래가 모여 아득히 사라지며 열리는 오늘
이 순간을 긴장되게 살고 있다. 그 생생한 현전의 순간
을 평생의 시 공부와 시 쓰기로 솔직하고 쉽게 보여 주
며 도통해 가고 있는 시집이 《안경을 닦으며》다. 무엇
보다 매양 새로운 시 정신과 시 형식을 모색하고 드러
내는 원로의 젊디젊은 "시 바보" 자세에 고개 숙여 진
심으로 경외심을 드린다.

류근조 자술연보

1940

음력 5월 4일 전북 익산군 함열면 흘산리 351번지 문화 류씨 집성촌 학선마을에서 당시 공무원을 자진 사임, 촌장 역할을 맡아 유달리 선영존중先塋尊重과 추원보본追遠報本의 유학사상儒學思想을 신봉하던 아버지 일계一溪 류승득柳承得과 어머니 최옥진崔玉眞, 작은어머니 박업분朴業分 사이에서 16남매 중 4남으로 출생.

1945

6세, 잠시 마을 서당에서 천자문을 배움.

1948

8세, 함열초등학교에 입학. 읍내까지 20여 리 길을 도보통학하면서 시골소년으로서 특별히 자연 가까이서 많은 추억거리를 만들고 천진한 꿈도 키움.

1954

읍내 함열중학교에 진학. 국어과 담당 박종명 선생(재미 전 한국노인회 대표)을 만나 글쓰기에 취미를 붙여 시 〈피〉, 산문 〈동물 아닌 물도 좋은 일 한다〉 등이 교지 《힘》에 실림. 형의 서가에서

김소월 시집 초간본 《진달래꽃》과 신석정 시집 《촛불》을 발견, 처음 읽고 광적으로 애무하고 좋아함.

1957

현 익산시 소재 남성고등학교에 진학. 운제芸齊 윤제술(당시 교장, 후에 정치 지도자로 전향, 작고) 선생과 일석一石 백남규(당시 교장, 교육 지도자) 선생 등을 만나고, 당시 교사로 재직하던 시인 이동주(작고), 장순하(시조), 조두현(한학 한시, 작고), 평론가 천이두(전 원광대 교수, 작고) 등 여러 은사의 문하에서 문학수업을 시작. 당시 학교신문 〈남성학보〉에 습작시 〈고독〉, 〈꽃구름〉 등을 발표. 한글날 기념 교내 백일장 하루 전 신문에 실린, 당시 군법재판에 회부되어 하극상 유죄판결을 받고 사형이 집행되었다는 기사를 보고 그 충격적 전율을 담아낸 시 〈가을하늘〉이 장원으로 입선. 문예반 출신 선배 최신호(전 성심여대 교수, 작고), 강인섭(시인, 정치인, 작고), 김진악(장서가, 해학수필 및 서예의 대가, 배재대 명예교수), 송하선(시인, 우석대 명예교수), 송민(국민대 명예교수)와 동기 정양(시인, 우석대 명예교수), 이광웅(시인, 〈현대문학〉에 청마 2회 추천, 오성회 사건으로 복역, 요절), 성진기(전남대 철학과 명예교수)와 어울리고, 후배 최창학(소설가, 전 서울예전 교수, 작고), 송하춘(소설가, 고려대 명예교수), 박범신(소설가, 명지대 교수)과도 어울리거나 만남.

1960

4월, 백제 고도古都 소재 국립 공주사대 국문과에 입학. 〈대학신문〉 기자로 추천되어 본격적인 문학수업을 시작. 〈대학신문〉

과 〈곰나루〉, 학회지 〈국문학〉, 동인지 〈시회〉 등에 지속적으로 습작시를 발표. 주변에 산재한 금강변 백제 유적과 명산대천과 대찰을 두루 순례하듯 자연 속에 살면서 자연의 웅장한 조화와 아름다움을 만끽함.

1961

〈현대문학〉 11월호에 투고한 시 〈우울의 배지에서〉 등 시 세 편이 당시 추천위원이었던 다형茶兄 김현승(전 숭전대 교수, 작고) 시인에게서 '종교적인 깊이와 함께 상당한 수준에 육박하고 있다'는 평을 받고 창작열이 고무되기도 함. 당시 재직하던 문학 전공 교수님이나 같이 동인 활동을 했던 선배·동기·후배 문인 가운데에는 이원구(시인, 교수, 작고), 임헌도(시조 시인, 공주대 명예교수), 조운제(시인, 영문과 교수, 작고), 김석야(극작가, 정치인), 임강빈(시인), 최원규(시인, 충남대 명예교수), 임성숙(시인), 한상각(시인, 전 공주대 교수), 조재훈(시인, 전 공주대 교수), 안명호(시인, 대전고 교장 역임), 최광섭(시인, 목포 지역 교장 역임), 유금호(소설, 목포대 명예교수), 이명수(시인, 전 〈심상〉 편집장), 유병학(시인, 공주교대 명예교수), 구중회(시인, 공주대 명예교수), 최병두(시인) 등이 있었음.

1963

〈대학신문〉 취재부장 및 편집장에 선임. 12월, 문학강연회에 모윤숙(시인, 작고)과 홍성유(소설가, 작고)를 초빙.

1964

연초 〈서울신문〉 신춘문예에 투고한 장시 〈해안과 연인〉이 최종선에 오름. 2월 15일 졸업 전, 당시 모교 재단 화성학원이 설립한 남성여고(당시 교장 박상조)에 국어 교사로 초빙되었으나 교장이 재단과의 인사혼선을 빚어 한 달 만에 같은 재단 남성고(2부)로 전출되어 봉직. 1년 후 신변상의 이유를 들어 사의를 표명하고 진안 마이산 은수사 부근 암자에 들어가 2개월여 산생활을 함. 이때 남성고 재직 시의 제자들이 내방, 등산 도중 폭우를 만나 조난을 당하고 소설 〈님프의 변신〉(일명 〈산정山情〉)을 씀.

1965

하산. 이리상고 교사 공채시험에 응시. 공교롭게도, 합격 통보를 받고 귀가하던 차내에서 신문을 보고 공립 정읍여고에 전임으로 발령된 것을 확인. 어쩔 수 없이 이리상고 측과의 서약을 어기고 정읍에서 정식으로 국어과 교사 생활 시작. 한편, 이때 대전에 사는 기성 문인이 주축이 되었던 동인그룹 〈시혼詩魂〉에 참여. 정훈(시인, 작고), 김대환(시인, 작고), 한성기(시인, 작고), 박용래(시인, 작고), 임강빈(시인), 최원규(시인, 충남대 명예교수), 조남익, 홍희표(시인, 전 목원대 교수, 작고), 권선근(소설가, 작고), 송백헌(평론가, 충남대 명예교수), 송재영(평론가, 충남대 명예교수) 등을 알게 됨. 또 이리에 사는 기성 문인들이 주축이 되었던 동인 그룹 〈남풍南風〉에도 참여. 박항식(시인, 전 원광대 교수, 작고), 이기반(시인, 전 전주대 명예교수, 작고), 이병기(시인), 송하선(시인, 우석대 명예교수), 채규판(시인, 원광대 명예교수), 최만철(시인), 홍석영(전 원광대학 교수), 유현종(소설가), 윤흥길(소설가, 예술원 회원), 최

기인(소설가), 이상비(평론가, 원광대 명예교수)도 알게 됨.

1966

시인 김광섭, 모윤숙, 이인석, 박태진(이상 작고) 등이 주축이 되어 펴내던 월간 〈자유문학〉에 시 〈나의 현상심인〉 등이 결선에 진출. 다음 호에 당선이 예정되었으나 〈자유문학〉이 갑자기 발간 자금난으로 휴간되며 문단 데뷔의 꿈이 좌절됨. 그러나 당시 심사위원의 한 사람으로서 그 정황을 잘 알던 시인 이인석 선생이 부여 백제문화제에 들렀다가 본인의 주소를 수소문한다는 연락을 선배 시인 최원규 교수로부터 전해 듣고, 〈문학춘추〉 12월호에 습작 수삼 편을 투고. 이 중에 정읍여중 재직 시절 교단 체험을 소재로 한 작품 〈나무〉가 당선되며 문단에 정식 데뷔함.

1967

남원고 정교사로 전근, 광한루 근처에 하숙. 지리산 자락과 섬진강 지류 등지를 순례. 난생처음 술타령도 하며 자유로운 독신 생활 구가. 이때 같이 하숙했던 미국 청년 개디스(Gaffrey B. Gaddis, 평화봉사단)와의 교유는 그의 귀국 후까지 이어져, 오스카 윌리엄스(Oscar Williams)가 편집한 귀한 영문판 앤솔로지 *Immortal Poems of the English Language*를 받음. 그간 번역에만 의존하던 터에 직접 원시原詩를 참고할 수 있어 영시 연구에 큰 도움이 됨. 이 무렵 전주의 노대가 시인 김해강(작고), 신석정(작고), 백양촌 등은 물론, 박병순, 이철균, 김민성, 최승범, 이병훈, 이환용, 이운용, 허소라, 강인한 등도 알게 됨. KBS 남원 방송에 나가 정규 프로그램(당시 PD 김성규)을 만들어 자작시 낭송 등 방송 활동에 열을 올리기도 함.

8월, 첫 시집 《나무와 기도》(서문: 신석정, 발문: 유금호, "우리들의 문학수업 시절", 대한출판사)를 펴냄. 소설의 최정주, 시의 김창환 등은 이때 교내에서 만난 제자들.

1969

학기 초, 갑자기 전주의 명문 전주여고로 발령되어 1년 8개월여의 남원 생활에 종지부를 찍음.

1972

2월, 현재 아내 최진숙과 결혼. 9월, 두 번째 시집 《환상집》(현대문학사)이 천경자 화백의 장정과 이산怡山 김광섭 시인의 제자 題字를 곁들여 호화 장정으로 나옴. 그러나 이로 인해 학생들의 관심이 과열되어 많은 부수의 시집이 교내에서 팔려 나가자, 오비이락烏飛梨落 격으로 본의 아닌 물의를 빚게 되어 같은 시내 전주농림고로 자리를 옮기는 촌극이 벌어지기도 함. 현재 문단에서 활약 중인 소설의 이선, 양귀자 등은 모두 전주여고 재직 시절에 만났던 제자들. 또한 훗날 교수가 된 후 본인과 4년간 시간을 같이했던 당시 제자들의 전주여고 동창모임(42~45회)에 계속해서 초대받는 보람과 기쁨을 누리기도 함.

12월 25일, 큰딸 성탄(본명 은지) 출생.

1973

3월, 고故 김동리·손소희 선생 주선으로 서울의 이화여고에 초빙서류 제출. 면접과 건강진단까지 마쳤으나, 부임 직전 당시

서명학 교장과 재단과의 불화로 인사 문제가 이월됨. 이것이 계기가 되어 이화학원재단 이사장 신봉조가 겸임하던 상명학원의 상명여고(설립자 배상명)에 수업 테스트를 받고 채용됨.

1974
2월, 논문 "에토스*ethos*적 영원성에 관하여"(미당 서정주 연구)로 충남대 대학원 문학석사학위 받음.

1975
음력 4월 8일, 둘째딸 석탄(본명 해미) 출생.

1978
9월 29일, 셋째딸 무아 출생.

1979
세 번째 시집 《목숨의 잔盞》이 시인 김규동이 운영하는 한일 출판사에서 나옴.

1980
평론 "소월 시의 상상작용 고考"(〈현대문학〉 통권 312호) 발표.

1981
고故 최신호 박사(당시 성심여대 교수)의 권유로 단국대 대학원 박사과정에 입학. 춘천 소재 성심여대 국문과에 출강. 단국대 대학원 박사과정에서 이희승, 황패강, 김석하, 정한모, 전광용, 윤

홍노, 김용직, 신동욱, 이어령, 이동희, 유민영, 김상배, 오세영, 정소성, 송하섭, 유안진, 김수복 등 여러 학자와 문인, 교수를 알게 됨.

3월, 신설 대전대학이 창과한 국문과 전임으로 초빙됨. 학교 당국(전 대전대 김인제 총장)의 요청으로 일석 이희승 선생에게 교가 작사를 의뢰함. 일석이 직접 대전에 내려가 용운동 새 캠퍼스 신축부지를 답사하는 과정에 하루 동안 직접 일석 자택에서부터 모시며 지방 매스컴과의 인터뷰, 교직원, 그리고 학생과의 만남 등을 주선. 일석(당시 85세)의 용의주도하면서도 강인한 정신력과 인격적인 면에서 깊은 감명을 받음.

중앙대 문리대 국문과 강사로 출강.

1982

3월, 중앙대 문리대 국문과 전임으로 자리 옮김. 평론 "시의 중심구조로서의 은유"(《국어국문학》 88호) 발표.

1983

3월, 중앙대 문리대 국문과 조교수로 승진.

1984

2월, 단국대에서 논문 "소월 시와 만해 시의 대비연구"로 문학박사학위 받음.

7월, 논저 《한국 현대시의 구조》가 중앙출판에서 나옴.

11월, 네 번째 시집 《무명의 시간 속으로》(일지사)를 펴냄.

1985

12월 9일, 아들 태호 출생.

1986

3월, 중앙대 문과대 국문과 부교수로 승진.

5월, 산문집 《캘린더 속의 계절》(혜진서관)이 나옴.

1987

8월, 중앙대 하계 연수단의 일원으로 동남아 여행(홍콩-마카오-싱가포르-방콕-대만-일본) 후 여행시 〈향항점묘香港點描〉, 〈홍콩의 권원식씨權元植氏〉 등 6편 발표. 이후 여행시집 《나는 오래 전에 길을 떠났다》(새미)에 수록.

1988

1~2월, 세계교수협 주관 연수차 미국 여행(뉴욕-워싱턴-LA- 라스베이거스).

1989

1~2월, 〈동아일보〉 고정칼럼 "청론 탁설" 집필.

4월, 다섯 번째 시집 《입》(해설: 채수영, "사랑하는 낱말 고르기", 문학세계사)을 펴냄.

5월 6~22일, 15일간 네덜란드 마스트리흐트에서 열린 제53차 국제 PEN 대회에 참석차 유럽 4개국 여행(오스트리아-모나코-프랑스-네덜란드).

7월, 계간 〈동서문학〉(7월호)에 여행시 〈프란체스카의 장미〉

외 9편을 여행의 철 기획특집에 소개.

1990

평론 "사봉史峯 장순하론"을 〈월간문학〉(통권 257호)에 발표.

7월 24일~8월 11일, 18일간 〈중앙일보〉 주관 몽골 민속탐사반 참가차 중국 등 여행(홍콩-북경-내몽골-외몽골-고비사막-북경-홍콩). 여행시 〈고비의 아침〉 등 12편을 여섯 번째 시집 《낯선 모습 그리기》에 수록. 〈경향신문〉(8월 24일 자, 17면 특집판)에 "몽골여행기" 기고, 특집 게재.

중앙대 국문과 및 대학원 국문과 학과장 겸임.

1991

월간 〈문예사조〉(7월호)에 신작시 〈엉뚱하게 출근하기〉 등 5편 특집 게재. 평론 "현대시의 모더니즘"을 〈현대문학〉(통권 439호)에 발표.

1992

3월, 중앙대 문과대 정교수로 승진. 〈학생문예〉(3·4월호) 초대란에 "시인으로서 내가 걸어온 길" 특집 게재. 《한국 현대시 특강》(편저, 집문당) 나옴.

11월, 여섯 번째 시집 《낯선 모습 그리기》(해설: 정양, "귀향, 그 멀고 먼 우회")를 혜진서관에서 펴냄. 〈현대문학〉(통권 455호)에 평론 "이동주론" 발표.

12월, 논저 《한국 현대시의 구조와 형성이론》(중앙대 출판부) 펴냄. 이 책이 〈독서신문〉(1056호)에 전면 특판 소개, 〈조선일보〉

편집국 문화데스크 최구식 기자 학술서 베스트 3선에 선정.

1993

월간 〈시와 비평〉(통권 26호) 신작시 특집란에 시 〈편안한 여자〉 등 5편 게재.

7월 26일~8월 5일, 10일간 시드니대학 해외문학 심포지엄 참가차 오스트레일리아, 뉴질랜드 여행. 여행시 〈뉴질랜드의 달〉 등 5편 발표(여덟 번째 시집에 수록).

계간 〈동서문학〉(통권 210호)에 평론 "시의식과 은유와 상상력" 발표.

1994

월간 〈한국문학〉(통권 221호)에 시 〈망자의 길〉 등 3편 발표.

12월, 남도여행 후 여행시 〈겨울 대흥사〉 등 7편 발표(여덟 번째 시집에 수록).

1995

4월, 시 동인지 〈꿈꾸던 수요일 공주〉(이은 수요문학회)에 시 〈돼지의 혈압〉 등 17편 특집 게재.

5월, 시 선집 《그리움아 거기 섰거라》가 당시 대학원 현대문학 제자들의 해설을 부록으로 하여 혜진서관에서 나옴.

6월, 《소비시대의 문학》(편저, 한글터)이 나옴.

9월, '한글재단 설립 창립총회' 참석. 한갑수, 허웅, 정재도, 박갑천, 문제안, 임기중 등 7인과 함께 이사에 선임.

1997

〈중대신문〉(1,364호, 3월 31일 자)에 단편 〈인간면허〉 발표.

1998

3월, 〈시문학〉(통권 321호)에 시 〈윗쪽과 아래쪽〉 등 14편 발표. 특집으로 송명희 현 부경대 교수의 해설과 함께 집중 조명됨.

5월, 여덟 번째 시집 《날쌘 봄을 목격하다》(나남)가 나옴.

7월, 문화관광부(국어정책과) 우수학술도서 심사위원에 위촉.

10월, KBS 국제방송 프로그램 〈명작의 고향〉의 해설위원에 위촉.

1999

3월, 중앙대 문과대 국어국문학과 교수 재임용.

8월, 학술논저 《한국 현대시의 은유구조》(보고사)가 나옴.

2000

11월 11일, 장녀 은지 결혼.

2001

7월 30일, 회갑기념 산문집 《내 밖의 세상, 세상 밖의 길》(포엠토피아)을 펴냄.

2002

5월, 논문 "한국 현대시의 시어와 시의식 연구"를 〈한국시학연구〉(6호)에 발표.

10월 21일, 외손녀 서현 출생.

10월 26일, 차녀 해미 결혼.

12월, 논문 "시 텍스트의 병렬적 구조와 의미작용"(정유화 인천대 객원교수와 공동연구)을 〈중앙어문논집〉(30집)에 발표.

2003

2월, 〈월간문학〉(2월호)에 평론 "전통의 현대적 변용과 그 시조사적 위상" 발표. 여행시 선집《나는 오래 전에 길을 떠났다》(해설: 허소라, "인간생명의 본향 추구와 자아회귀", 새미)가 나옴. 계간 시 전문지 〈시와 시학〉에 신작 시 〈신학기 첫 강의〉등 5편 발표.

4월, 〈중앙일보〉문학면에 시집《나는 오래 전에 길을 떠났다》가 프로필과 함께 소개됨. 〈조선일보〉문학면에 시 〈낙타의 꿈〉이 남진우(명지대 교수) 시인의 해설과 함께 소개됨.

12월, "사봉 장순하 시조문학의 총체적 특성연구"를 〈중앙어문논집〉(31집)에 발표.

2004

2월 26일, 외손녀 지안 출생.

4월 6일, 외손녀 재현 출생.

2005

4월, 〈중대신문〉(1557호)에 시 〈사랑하는 우리 님의 고운 눈썹은〉 발표. 논문 "최승호 시의 사유구조와 상생적 의미"를 〈한국시학연구〉(12호)에 발표. 세종대왕 탄생 608돌 기념 제30회 전국 초중고 글짓기대회 심사위원에 위촉. 시 〈나는 새로운 희망을 보았다〉가 전북 고창군 신림면 송룡리 가족묘역 내 일용—甫 임기중 교수 본인 뜻에 따라 가묘 둘레석에 새겨짐.

5월, 서초구청 가정복지과가 주최한 서울 서초구 초중고 학생 글짓기대회 심사위원장 위촉.

6월, 제1회 중앙대 국어국문과 국제학술대회(한·중·일·우즈베키스탄)에서 주제포럼 "한국 현대문학의 지평과 전망"의 토론자로 참여. 한국을 대표하는 젊은 아티스트(조각가) 제7회 이융 개인전(Space C 선정 후원작가) 작가와의 대화(주제: 감각의 정화) 토론자로 참가. 서울 서초구청 초청강연(주제: 현시대 환경과 문학적 글쓰기) 진행. 〈한국문인〉(8·9월호) "시와 그림" 칼럼에 여행시 〈몽골연가〉가 치메드도로지Sh. Chimeddorj의 작품 *The Blue Mongolia*(유화, 몽골 국립현대미술관 소장)와 함께 소개됨. 한인韓印문화원장 겸 시성 타골의 연구가 김양식의 일곱 번째 시집《겨울로 가는 나무》(새미)에 해설 "귀아歸我, 그 멀고 먼 우회와 구도길" 수록. 논문 "한국 시문학 전통의 대체 개념으로서의 한국적 아이덴티티"를 〈중앙어문논집〉(33집)에 발표.

7월, 시 〈전화인간〉이 〈조선일보〉 칼럼 "만물상萬物相"에 오태진 수석 논설위원에 의해 인용됨.

9월, 〈한국문학〉(가을호, 통권 259호)에 시 〈교외에서〉, 〈묵시록〉 발표. 문화관광부 주관 문학회생 프로그램 '4분기 우수도서 추천위원회' 위원에 위촉.

10월, 세종대왕 기념사업회 주최 558돌 한글날 기념 글짓기대회 심사위원에 위촉. 보건복지부 후원의 사단법인 대한에이즈예방협회 '문예창작교실'의 연사 및 작품 심사위원에 위촉.

2006

4월, 문학나눔 사업추진위 주관 우수도서 추천 심사위원 위촉.
29일, 3녀 무아 결혼.

5월, 세종대왕기념사업회 주최 세종대왕 탄생 609돌 기념
제31회 전국 초중고 글짓기대회 심사위원에 위촉.

8월, 열 번째 시집《고운 눈썹은》(해설: 고故 이성부 시인, "모천
회귀의 꿈")이 만해학교 김재홍 교장이 운영하는 시학사에서 나
옴.

10월,《류근조 문학전집》(전 4권: 1권 시 전집, 2권 시론집, 3권 시
인론, 4권 산문집, 제이앤씨) 나옴.

11월, 〈중대신문〉(1617호)에《류근조 문학전집》이 '한 시인의
자전적인 삶이 개인에 국한되지 않고 사회적 역사적 관계로 확
대되는 모습'을 보여준 점을 들며 적시摘示 소개됨. 또한, 텍스트
로서의 개인적 업적이 보편적 업적으로 연계된 점을 인정받아,
미국 하버드대학과 미시간대학의 소장도서로 선정.

2007

30년간 국문학과 교수로 재직했던 중앙대에서 은퇴. 서울 강
남 교보문고 인근에 집필실 도심산방都心山房을 열어 현재까지 시
작詩作과 지구적 공동체사회에 초점을 맞춰 통합적 관점에서의
글쓰기를 이어 오고 있음.

계간 〈아세아문예〉(여름호)에 수록된 김신영의 논문 "개인의
서사, 전집으로 말하다"가《류근조 문학전집》의 텍스트로서의
개념을 1권 시 전집을 중심으로 한 콘텍스트의 유기적 개념과
접목해 분석.

6월 28일~7월 9일, 13일간 가족여행(스위스-체코-폴란드-슬로바키아-헝가리-오스트리아-크로아티아-슬로베니아-독일).

2008

6월 1~10일, 터키-그리스-두바이 여행. 여행시 〈세기의 염문艶聞〉, 〈홀로코스트 아우슈비츠 그 현장 운殞〉, 〈소크라테스를 위한 진혼곡〉 등 6편 발표. 이후 열한 번째 시집《지상地上의 시간》에 수록.

2010

5월 11~23일, 13일간 러시아-핀란드-스웨덴-노르웨이-덴마크-에스토니아 여행. 여행시 〈여숙旅宿〉, 〈인간의 평화〉 등 6편 발표. 이후 열한 번째 시집《지상의 시간》에 수록.

2012

국제힐빙학회 발행《두 자연의 하모니》(EnEco)에 평론 "힐빙을 위한 인문학적 상상력과 그 통합적 사유구조" 발표.

2013

국제힐빙학회 발행《또 하나의 미래, 힐빙시대의 도래》(북갤러리)에 논문 "한국 현대시의 시대별 언어치환 그 통시적 대응양상" 발표.

12월, 열한 번째 시집《지상의 시간》(문학세계) 발행. 세 딸(은지·해미·무아) 주선으로 필자 생일축하기념 선물로 출판 증정받음.

2014

4월, 김석천 시집 《시의 유방》(미래문화사)에 해설 "부드러운 은유 속에 숨은 폭넓은 성찰의 힘: 깊은 경륜이 빚어낸 시적 변주와 감동" 수록.

9월, 〈문예연구〉(가을호)에 평론 "체험의 직관적 인식과 명징성에 대하여" 발표.

2015

11월, 〈문학서초〉(19호) "명사초대석: 우리들의 영원한 문학청년"에 초대. 현옥희 현 〈문학서초〉 회장과 대담. 2016년 2월까지 HCN 서초방송 매거진에 "인문학 지상紙上 강의" 집필.

2016

등단 50주년기념 육필시집 《겨울대홍사》(비매품)가 지인(홍성대 상산고 이사장, 모교 남성고 손태희 이사장, 엘티에스 그룹 박세훈 회장) 여러 분의 특별 지원으로 발간됨.

2018

열두 번째 시집 《황혼의 민낯》(해설: 이경철, "끊임없는 학구열과 창작열로 드러난 노년의 살맛과 깊이", 문학수첩)이 나옴. 이향희 시집 《그리움 파는 가게의 벽보》에 해설 "詩 = 대상 = 나의 동일성" 집필.

9월, 종합 문예연구지 〈문예연구〉(통권 98호)에서 '우리 시대 우리 작가'로 선정. 차정환의 평론 "순례자巡禮者로서의 시작詩作 여정旅程"에 의해 집중 조명.

2019

중앙대가 배출한 1,600인 명의로 발간되는 〈중앙대문〉에, 한 강변에 터 닦아 학교 창립 당시부터 현재까지 100년 동안 온갖 고난의 한국 역사와 함께해온 학교의 발전과 역사가 담긴 의미와 꿈(캠퍼스의 구성원 하나하나가 연주자가 되어 오케스트라의 연주를 해내야 한다는 중앙대의 웅지)을 장시長詩 〈우린 모두 공동운명의 연주자로서〉에 담아 노래.

12월, 전국 교수들의 주축으로 창간된 〈대학지성: In & Out〉의 "논설고문 칼럼"을 맡아 집필.

2020

대학 초창기 갈마동 가교사假校舍 시절 교가 작사와 관련된 일화와 함께 사부곡師傅曲 "일석 이희승 선생 인격체험기"를 집필, 첫 전임 교수로 출발했던 대전대 〈대학신문〉에 기고. 1월 9일 자 (474호) 신년 특집에 소개됨. 열세 번째 시집 《안경을 닦으며》(나남) 발간.

류근조 시인의 시집과 문학전집 및 저서들

날쌘 봄을 목격하다

류근조 시집

언제나 불길한 예감이었던 봄
그 봄이 이처럼 가까운 거리에
죽지 않고 살아서
이 땅의 수목과 중생들을 키우고
    있었다니
이 얼마나 다행스러운가

언어의 집짓기 또는 고독한 꿈꾸기

류근조 시인은 이 시집을 통해 미움을 사랑으로, 갈등
을 화해로 바꾸는 고통스러운 과정을 보여 준다. 이 시
대의 많은 시가 헛된 희망을 공허한 목소리로 노래할
때 류 시인은 참된 절망을 껴안고, 이를 시를 통해 극복
하고 치유하고자 애써 왔다. 이 같은 노력이야말로 시를
통한 인간성 회복, 시를 통한 인간 구원이리라.

국판 변형 / 128면

나남
nanam
Tel: 031-955-4601
www.nanam.net